Dieses Buch widme ich meinem Freund Manfred Schöppner.

Er hat mir vor vielen Jahren den Sternenhimmel nah gebracht.
Ohne seine Erklärungen wäre nie in mir das Interesse für das Universum und der Raumfahrt geweckt worden.

Danke Manni

Bibliografische Information der Deutschen Nationalbibliothek:

Die Deutsche Nationalbibliothek verzeichnet diese Publikation in der Deutschen Nationalbibliografie; detaillierte bibliografische Daten sind im Internet über dnb.dnb.de abrufbar.

Herstellung und Verlag:

BoD - Books on Demand,

Norderstedt.

ISBN 9783744833363

Vorwort

Menschen auf dem Mars - Ein uralter Menschheitstraum wurde endlich war. Ein Team von 10 Astronauten durfte das ersten sein und somit in die Weltraum-Geschichte eingehen.
Wie sehr aber relativ einfache Probleme ihnen in der neuen Welt Schwierigkeiten bereiteten, wird in diesem zeitnahen Sciencefiction Roman beschrieben.
Es werden keine Bekanntschaften mit Aliens gemacht, aber das Leben auf dem Mars ist auch so schwer genug.

Inhalt

Wissenswertes 7
Wie ein Asteroid die Erde vereint...9
Mit dem neuen Orbitlift zur ISS-2..13
Wie ich Astronaut wurde............71
Die Reise zum Mars beginnt.........89
1.Tag auf dem Mars.................94
2.Marstag.........................108
3.Marstag.........................113
4.Marstag.........................122
5.Marstag.........................126
6.Marstag.........................131
12.Marstag........................139
13.Marstag........................151
Am 14.Marstag 153
21.Tag 156
Am 22.Marstag 165
Der 23.Marstag 169
29.Marstag........................180
30.Marstag 183
36.Tag, ...194
Der Morgen des 37. Marstages 204
Der 38.Tag 208
Den 39.Tag 212
der 40.Marstag, 10.August 219
Der 60.Marstag am 30. August......225
Der 61.Marstag....................227
Der 62.Marstag....................229
Der 10.Oktober....................242
Der 12.Oktober 248
Der 13 Oktober, Rückflug..........254
Am 8.Dezember, Rückkehr an der
ISS-2 und Begrüßungsfeier....261

Wissenswertes :

Orbit-Lift Team:

Dr. Peter Brown, Ehefrau Sue
Edward White
Bill Hendersen
Frank Zapek
Howard Blackstone +
Bella Castoni

Spaceward Foundation/Elevator-Basis
United World Space Center - Orbitlift-Station

Dr. Bernsein - Leiter für Personalfragen

NASA Institute for Advanced Concepts (NIAC) Marsmission

Alsko Üslund - Chef der Mission

Unserer Raumgleiter:
„Building Dog"
Mitglieder der Marsmission:

			Alter
Klaus Wegener	- D	Pilot	35
Onko Luque	- Chil	Co-Pilot	28
Ich, Edward White	- USA	Ingenieur für Elektronik und Antriebstechnik	28
Natascha Bolenko	- Rus	Geologin	32
Huroka Tscheng	- Chi	Biologe	28
Anke Nejes	- NL	Ärztin	33
Sven Högeström	- Schwe	Arzt	32
Ishan Suomatan	- Ind	Meteorologe	35
Kaiuto Awaniko	- Jap	Maschinenbau-Ingenieur	30
Claude Pasqude	- F	Doktor für angewandte Physik und Chemie	27

Besatzung von „Ikarus":

Dr. Joshua Wertheim	- Israel	Arzt
Illian Koskow	- Russen	Arzt
Long Tschui.	- Japaner	Pilot
Luigi Spagone	- Austr.	Pilot
Cliff Jones	- GB	Biologe

ESA-Satellit: Morning-Light
russischer Wettersatellit: Boroslow

2030

Die ersten Menschen auf dem Mars

Wie ein Asteroid die Erde vereint

Mein Name ist Edward White. Ich war zunächst als Elektronik- und Antriebsingenieur bei der neu gegründeten weltweiten Spaceward Foundation/Elevator in den USA angestellt.
Ich bin kein Verwandter des ersten Amerikaners, der 1965 einen Weltraumspaziergang absolvierte. Uns verbindet nur eine zufällige Namensgleichheit.
Meine Hoffnung war aber, dass mir sein Schicksal erspart bliebe. Er und zwei weitere Astronauten kamen Jahre später in einer Apoll-Kapsel bei einem Test auf der Startrampe ums Leben.
Meine Ausbildungen hatte ich an der Technischen Universität in München/Deutschland absolviert und war über den Umweg der ESA wieder in meine Heimat den USA zurück gekehrt.
Das Jahr 2029 zeigte sich mit einem erstaunlich mildem Januartag. Seit einigen Wochen gehörte ich zu den Auserwählten Menschen, die als erste zum Mars geschickt werden sollten, um dort ein Jahr zu leben. Eine unserer Aufgaben sollte es sein nach Leben auf

dem Mars zu suchen. Dabei spielte es keine Rolle, ob es sich um Mikroben oder Flechten aus der Urzeit handelte. Ebenso war die Suche nach Wasser eine der Hauptaufgaben.

Auch sollten die notwendigen Grundlagen für eine zukünftige Besiedelung durch uns Menschen vor Ort untersucht werden. Als allgemein gängiger Begriff wurde dafür das „Terraforming" geprägt.
Nachdem Anfang des Jahres 2022 ein Asteroid mit einer Größe von etwa Fünf Kilometer, der sich auf Kollisionskurs mit der Erde befand, wurden die US-amerikanischen Pläne einer ersten menschlichen Marsmission erst einmal auf Eis gelegt. Es kam zu einem Zusammenschluss, aller staatlichen Weltraumorganisationen und der privaten im Kosmos agierenden Firmen um eine wirksame Lösung zum Schutz der Erde auszuarbeiten.
Der Asteroid, der aus dem Kuipergürtel gekommen war, sollte allen Berechnungen zu Folge im Sommer des Jahres 2023 in Zentral-Europa einschlagen. Es musste schnell etwas geschehen!
Es wurden zwar schon seit 2020 auf zwei Asteroiden vollautomatisch Rohstoffschürfungen vorgenommen, doch von denen ging keine Gefahr für die

Erde aus. Außer einigen Wissenschaftlern hatte sich bald niemand mehr für eine Bedrohung durch einen Asteroiden interessiert. Aber im Jahr 2022 war alles anders.
Die ganze Erdbevölkerung war erstaunt, wie schnell sich die Weltraumbehörden und privaten Betriebe die sich mit der Weltraum Erforschung befassten, einig waren. Es war allen Beteiligten klar, dass es nur eine Möglichkeit zur Rettung der Erde gab.
Der Asteroid sollte mit Raketenantrieben von seinem Kurs abgelenkt werden.
Um eine genaue Platzierung der Düsen zu garantieren, mussten Astronauten mit einer Landefähre auf dem Himmelskörper abgesetzt werden. Diese wagemutigen Menschen sollten die Raketen in dem Boden verankern, so dass die Antriebsdüsen frei ins All zeigten. So konnten die Raketen als Antrieb für den Asteroiden wirken. Ganz allmählich würde die Bahn des Asteroiden verändert und die Erde verschont bleiben.
Es standen maximal Vierzehn Monate zur Verfügung um den ersten und wahrscheinlich einzigen Versuch starten zu können.
Alle Menschen beobachteten mit Sorge dieses Unterfangen.
Die Welt hielt den Atem an.

Als es tatsächlich klappte und es feststand, dass der Asteroid etwa Achttausend Kilometer an der Erde vorbei fliegen würde, atmete die Menschheit auf. Nach erfolgreicher Kursänderung des Himmelskörper wurde auf der gesamten Erde gejubelt und gefeiert.

Dieses Rettungsmanöver war der Anlass, den Ausbau eines Frühwarn-Systems zu forcieren. Es war nicht sicher, ob das gleiche bei einem anderen Asteroid ebenfalls gelingen würde. Es war unter Anderem von der Zusammensetzung und einige anderen Dinge abhängig.
Zu diesem Frühwarn-System gehörte die außer-planetarische Stationierung der Abfangraketen gleichen Typs schon beim ersten Mal erfolgreich waren. Außerdem wurde eine ständig einsatzbereite Landefähre an der Raumstation ISS platziert.
Nicht immer wird man eine so lange Vorlaufzeit nach der Sichtung eines erneuten Asteroiden oder eines Kometen wie 2022 haben.
Um aber die Kosten so gering wie möglich zu halten, entschlossen sich die Verantwortlichen die Forschung und Endwicklung für zunächst einen Orbitlift zu forcieren. Diese Lifte sollten in gefahrlosen Zeiten für

gemeinsame Marsmissionen genutzt werden.
Die Kosten für die Entwicklung und Herstellung beliefen sich zwar immer noch auf etliche Milliarden Dollar, aber waren dennoch geringer als Raketen von der Erde starten zu lassen.

Mit dem neuen Orbitlift zur ISS

Der Traum von einem Weltraum-Fahrstuhl war schon so alt, wie die Raketen. Der russische Mathematiker Konstantin Eduardowitsch Ziolowski (1857 - 1935) hatte eine erste Vision von einem Bauwerk mit einer Höhe von 36000 Kilometer. Das war aber statisch nicht zu schaffen, doch sein Landsmann Arzutanow entwickelte daraus die Theorie, es mit einem ausreichend stabilen Seil, einem Satelliten und einem daran befindlichen Fahrstuhl zu versuchen.
Das Interesse an einem Weltraumlift fand aber ein erstes und ernsthaftes Interesse um die Jahrtausendwende, als das Space-Shuttle-Programm der USA in seine Endphase gelangte.

Vor der Asteroidenabwehr zogen sich die

Forschungsarbeiten für einen Lift ins All über viele Jahre hin und verliefen in allen Fällen in einer Sackgasse.
Bis jemand auf die Idee kam einen neuen Weg einzuschlagen.
Hatte man vorher immer an der Bauart „Kabine an einem Seil", festgehalten, haben sich dann aber Versuche mit magnetangetriebe Kabinen, ähnlich einer Magnetschwebebahn, durchgesetzt.
Genaugenommen ist es eine Mischung aus einer Magnetschwebebahn und einer Railgun, also einer magnetbetriebenen Kanone.
Als Schiene wurde ein spezieller Metallgewebegurt entwickelt, in dem alle notwendigen technischen Erfordernisse eingearbeitet waren.
Mit einer Schwerlastkabine, die durchaus Fünfzehn Tonnen Zuladung transportieren konnte, sollte dann zuerst ein Kometenbeobachtungs-Modul zu einer inzwischen aufgebauten zweiten Raumstation, der ISS 2 über New Mexico, geschickt und dort montiert werden.
Danach würden dort die kleinen Ablenkraketen stationiert. Durch den ersten neu geschaffenen Orbitlift konnten die Raketen kostengünstig zur Raumstation befördert werden.
Astronauten, Wissenschaftler, Ingenieure und das gesamte Material konnten so ebenfalls mit geringem

Kostenaufwand zur Raumstation befördert werden.

Nachdem der Schutz aufgebaut war, wurde im Herbst 2025 mit weiteren Forschungsarbeiten für eine Reise zum Mars wieder begonnen.
Als wichtigstes war die Suche nach der effektivsten Antriebsform.
Als sich bei dem favorisiertem Systhem „EmDrive", einem geschlossenen Microwellenantrieb, mehrere deutliche Messfehler herausstellten und somit nicht zur Verwendung stand, musste nach einer neuen Lösung gesucht werden.
Dabei wurde dem Plasmaantrieb vermehrte Aufmerksamkeit gewidmet und als bis dahin einzige realisierbare Lösung erachtet.
Dieses neue Antriebssystem wurde zunächst versuchsweise in eine der „Umlenkraketen" eingebaut. Der Antrieb wird vereinfachend auch als Laser unterstützter Energieschub bezeichnet.
Die Versuche verliefen alle erfolgreich.
Da Strahlen bekanntlich keine Materie transportieren können, wurde die Energie des gebündelten Laser-Strahls mittels eines Modulators in elektrische Energie umgewandelt und diente somit einem Magnetfeldaufbau.
Das wiederum ist für einen Plasma-

Antrieb der Rakete unabdingbar. Um die Erdumdrehung auszugleichen und einen Laserstrahl mit der erforderlichen Leistungsfähigkeit erzeugen zu können, wurde eine Dritte Weltraumstation im Orbit errichtet. Die deutlich vergrößerte alte ISS-Weltraumstation wurde über Westafrika platziert. Für die dritte ISS-3 war der Aufenthalt über Süd-Ost-China ausgewählt.

Alle Weltraumstationen bekamen die notwendigen Module, mit denen die Sonnenenergie in Laserstrahlen verändert werden konnten. Diese wiederum lieferten die Energie, welche für den Aufbau des Magnetfeldes im Plasmaantrieb benötigt wurde.
Die Vorteile davon lagen auf der Hand: Der Laserstrahl war nicht immer konstant notwendig und zweitens war eine höhere Geschwindigkeit, als mit allen bis dahin bekannten Antriebsarten, möglich.
So konnte die Reise zum Mars auf Vier Wochen verkürzt werden.
Aber bis zum nächsten Sternensystem Alpha Centauri würde der Flug immer noch Zwanzig Jahre dauern.

Ich war zunächst seit Beginn der Entwicklung und dem Aufbau des ersten Weltraumliftes, auch als Orbitlift

bezeichnet, beteiligt.
Mit meinen siebenundzwanzig Jahren war ich der jüngste Mitarbeiter in einem Team aus sechs Wissenschaftlern und Ingenieuren.
Nach meiner Ankunft in dem ebenfalls neu aufgebauten Städtchen New Las Cruses nahe dem Aufbaugelände, hatte ich schnell eine geeignete Wohnung gefunden und mich auch bald eingewöhnt.
New Las Cruses wurde in das Gelände des ehemaligen Übungs- und Testgeländes White Sands Missile Range (WSMR) der US-Army gebaut. Es hatte eine Ausdehnung von 160 mal 70 Kilometern und war groß genug um nicht vor Langeweile umzukommen.
Nach der Einstellung des Space-Shuttle-Programms, bot sich diese Anlage als Ausgangsort für die erste Marsmission als kostengünstigste Alternative an, denn dort war noch die Ersatz-Landemöglichkeit für ein Shuttle vorhanden. Der Plan Area 51 als neues Bodencenter zu nutzen wurde aus technischen gründen verworfen. Zumal das WSMR eine Lande- und Startbahn zur Anlieferung aller Notwendigkeiten hatte.
Da die Stadt und das Startgelände inmitten einer Wüste lag musste für jede Menge Freizeitangebote gesorgt werden.

Es war eigentlich auch alles vorhanden. Egal welchen Sport man machen wollte, egal was man shopen wollte, egal wie man relaxen wollte, es war für jeden etwas vorhanden und wenn nicht, dann wurde es errichtet. Selbst einen See hatte man in dieser Wüstengegend angelegt. Er lag idyllisch in einer Senke und war umgeben von einer großzügigen Parkanlage. Saftige grüne Wiesen luden zum erholsamen Sonnenbad ein. Der See war groß genug um den zahlreichen Segelbooten und Surfern genügend Platz für ein sportlichen Aufenthalt auf dem Wasser zu garantieren. Woher er sein Wassernachschub bekam hatte mich aber nicht interessiert.
Für einen jungen Ingenieur, wie mich genau das richtige. Schnell hatte ich auch Kontakt zu anderen intelligenten jungen Menschen gefunden und fühlte sich richtig wohl. Das war wohl auch der Grund für mein ständig zufriedenes Lächeln. Mir wurde schon oft bestätigt, dass meine blauen Augen und die kurzen blonden Haare mich immer sympathisch erscheinen ließen. Mit einer Größe von einem Meter Dreiundachtzig und einem Gewicht von Achtundsiebzig Kilo konnte man auf meine sportlichen Freizeit Aktivitäten schließen.
Vier Monate waren vergangen, seit ich

meine Arbeit begonnen hatte. Eigentlich hatte ich gehofft in das Team der Astronauten, die später mit einem Orbitlift in den Orbit fahren würden, aufgenommen zu werden. Leider hatte ich den letzten Anmeldezeitpunkt zur Ausbildung als Astronauten verpasst und musste nun warten bis zur üblichen zweiten Nachrück-Anmeldung.
Seit ich als kleiner Junge erfahren hatte, dass ich den Namen eines berühmten Weltraumpionier hatte, war es mein innigster Wunsch, selber ins All zu kommen.
Aber am Aufbau einer neuen Generation der Weltraumforschung mitzuwirken, war ja schließlich auch Pionierarbeit. Dazu machte sie mir auch noch Freude und ich fühlt sich herausgefordert.

Nach einer erholsamen Nacht und einem ausgiebigen Frühstück schwang ich mich um Acht Uhr auf mein Rennrad um zum Weltraumgelände zu fahren.
Während meiner Studienzeit in Deutschland hatte ich meine Liebe zum Radsport entdeckt. Ich hatte so manche Etappe verschiedener Tour de France-Rennen live an der Strecke gesehen.
Seit dem hatte Rennradfahren für mich eine große Faszination.
Vor dem Arbeitsbeginn traf sich unser Team immer auf einen Kaffee in einem

der vielen Bistros. Meine Kollegen waren der Teamleader Dr. Peter Brown, Bill Hendersen, Frank Zapek, Howard Blackstone und als einzige Frau Bella Castoni. Dabei bereiteten wir uns auch mental auf die anstehenden Aufgaben vor. Es war kein „muss", aber alle fanden es als guten Einstieg in den Arbeitstag.
Wir waren das Entwicklungsteam für den ersten Orbitlift. Nun war die erste Phase unserer Arbeit abgeschlossen und die Aufbauarbeit sollte an diesem Tag mit Vorversuchen und einer technischen Überprüfung beginnen.
Pünktlich erschien wir in unserem Labor.
Hier war eine Versuchsanordnung verschiedener Elemente, die für den Vorschub einer Weltraum-Lift-Kabine individuell aufgebaut. Eine Kabine war am Vortag noch in den frühen Abendstunden geliefert worden, doch für einen Probedurchgang der Funktion war es am Vortag schon zu spät gewesen. Dr. Brown hatte den ersten Testlauf somit auf den nächsten Tag gelegt. Für auftretende eventuelle Fehler war seine Entscheidung die einzig richtige, denn wir konnten sofort Verbesserungen vornehmen.

Als wir unsere Plätze eingenommen

hatten, gab mir Dr. Brown mit der Hand das Signal den Modulator einzuschalten. Es sah alles gut aus. Ich erhöhte mit dem Regler die Leistung. Bald zeigte das Display, dass in Fünf Sekunden die kritische Phase erreicht sein würde. Das gesamte Team hielt den Atem an. Nur der alte Hase Dr. Brown nicht. Er schenkte dem Display nicht einmal einen Blick.

Er machte den Eindruck, als ginge ihn das alles nichts an.

Aus dem Aggregat war pünktlich nach Fünf Sekunden ein deutliches Knacken zu hören und der Pegelanzeiger bewegte sich wieder auf Null zu. Irgend etwas war fehlgeschlagen bei diesem Versuch. Jeder aus dem Team atmete laut und enttäuscht aus.

Nur der Teamleiter zeigte keinerlei Gefühlsregung. Als war es das normalste der Welt, nahm er sich den Druckluft angetriebenen Schraubendreher und öffnete das Gehäuse.

Bei einem Blick auf die Platinen kam ein lakonisches „Okay", über seine Lippen. Er entnahm eines dieser Bauteile und gab es Bill Hendersen mit den Worten: „Bill, bitte tausche den Widerstand aus und ersetze ihn durch einen Vierziger", dabei zeigte er auf einen Dreißig Ohm-Widerstand und fügte hinzu: „Aber überprüfe

sicherheitshalber die gesamte Platine.“
Bill verließ das Versuchslabor um die Platine in der angrenzenden Werkstatt wieder instand zu setzen.
Die anderen Teammitglieder schauten sich verblüfft an.
Dr. Brown war ein Genie. Wie sonst konnte er so schnell den Fehler diagnostizieren?
Was wir Mitarbeiter nicht wussten war, dass Dr. Brown sich bei der Berechnung des defekten Widerstandes nicht sicher war, ob er der Belastung standhalten würde. Es gab bei der Einrichtung der Anlage einen Unterschied zu seinen Berechnungen: Einzelne Elemente waren vom Hersteller nachträglich mit geringeren Energiebedarf modifiziert. Er wurde zwar darüber informiert, aber welche Werte nun zu Grunde lagen, konnte ihm nicht genau mitgeteilt werden.
Dr. Brown schaute amüsiert in die Runde und fragte: „Was ist los? Wenn ihr ´mal so alt seid wie ich, dann könnt ihr das auch.“ Mit seinen Zweiundvierzig Jahren war er zwar der älteste im Team, aber noch lange nicht zu alt um sich nicht gut mit uns jüngeren Kollegen zu verstehen und unseren Humor teilen zu können.
Schmunzelnd suchte sich jeder aus dem Team einen Stuhl, es standen ja

genügend im Raum, um auf Bills Rückkehr zu warten.
Das Labor hatte eine Grundfläche von Vier mal Fünf Metern. Er war rundum an den Wänden mit Tischen bestückt, auf denen sich überall Messgeräte und Monitore befanden. Davor standen, ungleichmäßig verteilt, insgesamt Zehn Stühle. Die Mitte des Raumes nahm ein großer Arbeitstisch in Anspruch auf dem das gerade getestete Steuermodul stand.
Das Team-Dr. Brown hatte die Aufgabe, die notwendigen unterschiedlichen elektrischen Energiemengen für den Magnet-Schwebe-Antrieb bereit zu stellen. Der Bedarf ist am Anfang um ein Vielfaches höher, als nach etwa Acht bis Zehn Kilometer. Durch die Umdrehungsgeschwindigkeit der Erde würde in dieser Höhe ein Zentrifugaleffekt einsetzen, und die Liftkabine wurde der Raumstation quasi entgegengeschleudert. Während dieser Zeit war nur noch ein Zehntel der Startenergie für den magnetisch indizierten Abstand der Kabinenführung zur Leitschiene nötig.
Dadurch konnten immense Kosten für die Transporte in den Orbit eingespart werden.
Eine zusätzliche Beschleunigung war aber jeder Zeit, durch ein dafür vorgesehenes Steuerelement, möglich.

Diese zusätzliche Beschleunigung war allerdings in erster Linie für Notfälle gedacht.
Des weiteren wurde dieses Steuermodul für den Bremsvorgang vor der Raumstation benötigt.

Nach etwa einer Viertelstunde erschien Bill mit der reparierten Platine wieder im Labor und reichte sie dem Doktor. Bill Hendersen war ein dreißigjähriger dunkelhäutiger Draufgänger. Nicht bei der Frauenwelt, sondern bei der Arbeit. Als IT-Spezialist und Maschinenbauingenieur gab es scheinbar Nichts das ihn von einem Ziel abbringen konnte. War bei einer Problemlösung ein Weg unmöglich, dann suchte er so lange, bis der richtige gefunden war. Auch schien er keine Angst vor schwierigen Aufgaben zu haben. Egal, was er aber auch machte. Er war immer gut gelaunt. Natürlich kam er aus New Orleans, der Heimat des Blues.

Mit einigen Handgriffen hatte der Doktor das Teil wieder eingesetzt und das Gehäuse verschraubt.
„So, let´s do it again", war seine Aufforderung an das Team. Alle nahmen wieder ihre Beobachtungspunkte ein und der Versuch wurde erneut gestartet. Wieder sahen alle, auch der Doktor, der

dieses Mal den Energieregler bediente, gebannt auf das Display. Es herrschte eine angespannte Stille. Für Bella Castoni war die Anspannung zu viel. Sie kniff ihre Augen zusammen und machte sie erst auf, als wir jubelten und dem Doktor erfreut die Hand schüttelte.
Wir hatten also doch nicht vergebens in den letzten Wochen so manchen Abend im Labor getüftelt und Berechnungen angestellt.
Nun musste jeder aus dem Team Zehn Belastungen simulieren, um eine erste Aussage über die Zuverlässigkeit machen zu können.
Nach den sechzig Tests meinte der Doktor: „Ich fahre mal ´rüber zu der Orbitlift-Station. ´Will mal schauen ob wir unser „Baby" schon einbauen können. Wenn ja, rufe ich euch an und ihr bringt es zu der Anlage. Also schön hier bleiben."
Die meisten meiner Kollegen waren kurz unter Dreißig Jahre alt. Wir waren ausgebildete Ingenieure beziehungsweise Wissenschaftler verschiedener Fachrichtungen.
Als der Anruf vom Doktor kam, nahm Frank Zapak das Gespräch an.
Er hörte kurz zu und beendete das Gespräch mit einem kurzen: „Ok, wir sind schon unterwegs."
An uns gewandt meinte er: „Wir sollen

den Modulator rüber bringen. Schafft ihr das Teil am besten nach unten, während ich meinen Wagen hole."
Es war schon vorher geklärt worden, dass sein Wagen für den Transport benutzt werden sollte.
Er war der einzige der einen Pik-up sein Eigentum nannte. Frank fand so einen Wagen wahnsinnig praktisch. Zu Recht, wie sich nun zeigte. Der Fahrdienst von der Anlage war leider immer überfordert und die Wartezeiten dementsprechend lang.
Als Frank das Labor verlassen hatte klemmten wir Anderen die unnötigen Energieverbindungen ab und Bella Castoni fuhr mit dem Handkran über das Aggregat. Bella war die Tochter italienischer Einwanderer, die in New Jersy leben. Sie war die Physikerin des Teams und eine junge hübsche Frau. Ihre südländische Herkunft ließ sich nicht verbergen, zumal ihre dunkelbraunen Augen stets neugierig und fröhlich funkelten. Dafür, dass ihr Alter Siebenundzwanzig war, hatte sie schon sehr viele Erfahrungen, sonst hätte sie wohl nicht diese Anstellung bekommen.
Howard Blackstone befestigte ein kurzes Stahlseil mit der Transportöse am Modulator und dem Kranhaken.
Unterdessen hatte ich den Transportwagen bereitgestellt. Nachdem

das Gerät sicher auf dem Wagen stand, zogen wir den Wagen zum Lastenaufzug und gemeinsam fuhren wir nach unten zur Verladerampe. Ein freundlicher Gabelstaplerfahrer setzte dann den Wagen mit dem Aggregat auf den inzwischen wartenden Pik-Up von Frank. Bella und Howard setzten sich auf die Ladefläche, um den Transport zu sichern, während Bill Hendersen und ich neben Frank auf der Sitzbank im Fahrerraum Platz nahmen.

Die kurze Strecke war schnell geschafft. Wir wurden an der Startbasis schon vom Doktor und einigen Anderen erwartet.

Auch dort stand ein Spaplerfahrer bereit, der Franks Wagen entladen und den Modulator an den Einbauplatz befördern sollte.

Nachdem dieses technische Wunderwerk an seinem Platz war, wurde es von Zwei Monteuren in einer Verankerung befestigt.

Nun kam wieder unser Team zum Einsatz. Da hier keine Laborbedingungen herrschten, gestaltete sich die Verkabelung doch deutlich schwieriger als erwartet. Der zur Verfügung stehende Arbeitsraum war knapp bemessen und manch einer musste seine ganze Gelenkigkeit aufbieten um eine sichere Funktion gewährleisten zu können.

Weil die Anschlussarbeiten deutlich mehr Zeit in Anspruch genommen hatten, musste die Mittagspause auf später verschoben werden. Danach war an einen echten Probelauf nicht mehr zu denken. Außerdem machten die anderen notwendigen Ingenieure pünktlich Feierabend.
So konnten am Nachmittag nur noch einige Simulationsdurchgänge gemacht werden. Zum Arbeitsende stand aber fest, dass Dr. Brown und wir gute Arbeit geleistet hatten. Wie gut wirklich, würde sich am nächsten Tag zeigen.
Da es anstelle eines Mittagessen nur noch Gebäck und Kaffee gegeben hatte, wollte wir doch noch etwas vernünftiges essen. Bill, Frank, Howard, Bella und ich beschlossen in einem der zahlreichen Restaurants unseren Hunger zu stillen.
Dr. Brown erwartete zu Hause ein Abendessen.
Später trennten sich unsere Wege. Nur Frank und Bella fuhren gemeinsam nach Hause. Da Beide in der selben Straße wohnten, fuhren sie immer zusammen, eine Woche mit ihrem und in der anderen Woche mit seinem Auto zur Orbitlift-Station.
Frank Zapek konnte mit seinen Einmeter

Dreiundsechzig und gerade sechzig Kilo Gewicht, nicht gerade als groß und athletisch bezeichnet werden, aber was ihm an Körperlänge fehlt, hat er dreifach im Kopf. Sein IQ Wert lag bei 160. Eine sportlich geformte Brille unterstützt ihn bei seiner Sehschwäche. Man konnte sich nicht vorstellen, dass er sich für irgend etwas anderes interessierte, als für seine Arbeit. Frank ließ sie vor ihrem Haus aussteigen und fuhr die letzten Hundert Meter alleine weiter.

Dr. Peter Brown hatte das Abendessen, welches ihm seine Frau Susan zubereitet hatte genossen. Sue, wie er seine Frau nannte, hatte ihm dabei Gesellschaft geleistet. Sie hatte mit ihren beiden Kindern Bert, zehn Jahre, und Lydia, elf Jahre alt, schon am Mittag, als die Beiden nach der Schule zu Hause waren, zu Mittag gegessen.
Nachdem sie noch einige Dinge des Tages besprochen hatten,
zog sich der Doktor in sein Arbeitsraum zurück.
Leider war für ihn noch kein Feierabend. Vor entscheidenden Phasen seiner Arbeit befand er sich immer im Dauerstress.
Für Sue war dies nichts Neues, und sie ließ ihn dann auch gewähren.

Seine Gedanken kreisten um den, für anderen Tag vorzunehmenden ersten Probelauf auf der späteren ersten von Drei Orbitliftstationen.
Zunächst würde es darauf ankommen, dass die Station mit dem Lift kompatibel war. Zunächst waren erst Einhundert Meter des Führungsgurtes, mit einem speziellem Stativ für probeweise Startvorgänge, aufgebaut worden.
Parallel zu der ISS 1 war die zweite kleinere Raumstation im Orbit über Afrika installiert worden, die ISS-2.
Wenn die Probestarts alle zur vollsten Zufriedenheit mit der ISS 1 ablaufen, sollte mit einer Lastrakete der 400 Kilometer lange, aufgerollte Führungsgurt zur Raumstation gebracht werden. Dort es an das dafür vorgesehene Liftandock-Modul angeschlossen und über ein spezielles Abrollsystem zur Erde hinabgelassen.
Die Schwankungen in der Entfernung der ISS zur Erde mussten ab dem Tag durch einen gleichmäßigen Orbitabstand zur Erde mit Steuerdüsen gewährleistet sein. Dieser Vorgang wird etwa einen Tag in Anspruch nehmen. Dabei würde die Raumstation später, auf Grund der nun herrschenden Fliehkraft, als Gegengewicht dafür sorgen, dass der Gurt straff gehalten wird. Es wird dann ein Effekt erzielt, wie bei dem „Hammer

und eines Hammerwerfers".
Wenn alles gut geht, konnte in zwei Tagen der erste Lift zur Raumstation aufsteigen.
Der Doktor überprüfte noch einmal alle Pläne und Informationen und kam zu der Überzeugung, dass sein Team alles richtig gemacht hatte. Insgeheim war er stolz auf seine Mitarbeiter. Alle arbeiten immer wunderbar Hand-in-Hand, und es herrschte eine tolle Atmosphäre untereinander. Nach etwas mehr als zwei Stunden packte er alle Unterlagen in seinen Aktenkoffer und stellte diesen für den kommenden Morgen griffbereit neben die Wohnungstür. Zufrieden und voller Zuversicht in den nächsten Tag, begab er sich dann zu seiner Sue in das Wohnzimmer. In dieser altmodischen Art zu wohnen war eigentlich schon seit Jahren überholt, aber ihnen gefiel es nicht, dass nur die Schlafräume und die Sanitäreinrichtungen abgeschlossene Zimmer waren.
Sie hatten sich nach guter alter Manier eine Fünfzimmer-Wohnung gemietet. Hatten sich Bilder an die Wände gehängt, dekorativ Blumenschmuck in der Wohnung platziert, und eine warmes Licht verbreitende Stehlampe in die Kuschelecke gestellt. Wer in diese Wohnung kam, erkannte sofort: Hier wird nicht nur gewohnt, sondern auch gelebt.

Der neue Tag begann mit einem hoffnungsvollem Sommer-Sonnenschein. Unser Team traf pünktlich und gut gelaunt an der Orbitliftstation ein. Die Zusammenarbeit mit der festen Belegschaft der Station begann mit einer Besprechung, in der die Einzelheiten des Probelaufes das Thema waren.
Es wurden noch die letzten zeitlichen Abläufe aufeinander abgestimmt, und nach dem üblichen „Viel Glück"-Wünschen nahmen alle Mitarbeiter ihre Kontrollpositionen an den Messgeräten und Bildschirmen ein. Wobei unser Part die Steuerung des Antriebes war.
Bill Hendersen und Howard Blackstone sollten sich um die Energieversorgung und die zeitliche Abstimmung kümmern. Der gesamte Vorgang wurde natürlich vom Teamleiter Dr. Brown überwacht. Wir anderen Kollegen waren dabei nur noch Beobachter.
Als der Countdown sich dem Ende näherte hielten alle Beteiligten den Atem an.

„...Zwei,Eins, Go!" - ! Langsam setzte sich die Kabine in Bewegung und nahm aber dann schnell Fahrt auf. Bei Fünfzig Metern und Dreißig Prozent Endgeschwindigkeit erfolgte ein

automatischer Bremsvorgang.
Alle involvierten Mitarbeiter brachen über den ersten gelungenen Probelauf in einen entspannten Jubel aus.
Noch musste aber auch der Rückweg erfolgreich von statten gehen, erst danach konnten wir beruhigter die weiteren Probeläufe starten.
Bill polte die Stromversorgung mittels eines Knopfdrucks um, und die Magnete an der Transportkabine arbeiteten danach in entgegengesetzter Richtung. Durch die wirkende Schwerkraft war für die Beschleunigung weniger Energie erforderlich, aber dafür war bei dem Bremsvorgang ein zehnmal höherer Energieaufwand erforderlich, als beim Aufstieg des Liftes. Auch bei der Talfahrt musste die Kabine wieder auf die dreißig Prozent der Endgeschwindigkeit beschleunigt werden. Aber auch dieses Ergebnis stelle alle sehr zufrieden.
Dr. Brown setzte die Belegschaft der ISS-2 Station im Orbit von dem erfolgreichen ersten Lauf in Kenntnis. Man hatte sich bei der Vorbesprechung auf Zehn Wiederholungen geeinigt. Erst dann würde von der ISS-2 der komplette Führungsgurt zur Erde herabgelassen. Herablassen des Gurtes ist eigentlich nicht die richtige Formulierung, denn das freie Ende des Gurtes sollte, um

Zeit zu sparen, mit kleinen speziellen Raketen zur Erde, dank GPS, genau zu der Liftstation geschickt werden. Der Gurt war zu einem riesigen Rad auf einer kugelgelagerten Welle aufgerollt und konnte dadurch blitzschnell abgewickelt werden.
Nachdem die Testanlage einer genauen Inspektion unterzogen und alles als für in Ordnung anerkannt wurde, konnten die weiteren Wiederholungen, mit den immer folgenden Überprüfungen, durchgeführt werden.
Da dieser Testblock versprach erfolgreich zu verlaufen, einigte man sich darauf pausenlos durch zu arbeiten. So konnte man an diesem Tag die Testreihe abschließen.
Der Zeitplan sah zwar Vierundzwanzig Stunden mehr vor, aber so hatten alle Arbeitsgruppen einen kleinen Spielraum für eventuelle Verzögerungen.
Der Plan ging auf. Danach hatten wir von der Gruppe Dr.Brown lange Zeit nichts zu tun. Doch sicherheitshalber wurde es uns nicht gestattet die Bodenstation zu verlassen.
Die Nachtzeit wurde zum herabschicken des Führungsgurtes genutzt. Da nachts nur wenige Flugzeuge New Las Cruses überflogen, wirkte sich die Sperrung des Luftraumes weniger störend aus als am Tage. So konnte zeitlich „Boden“ gut

gemacht werden. Von der übergeordneten Montageleitstelle wurde um Achtzehn Uhr die Aufforderung an die ISS-2 gegeben, mit dem „Herablassen" des Führungsgurtes zu beginnen.

Ein energiearmer Laserstrahl zeigte wie ein leuchtender Finger als „Wegweiser" von der Bodenstation zur ISS-2 im Orbit. Da die Raketen über GPS gesteuert wurden, war der Laserstrahl eigentlich nicht erforderlich. Er war ein Relikt aus früheren Planungen und wurde als Show-Effekt beibehalten. Obwohl alle unten auf der Erde den ganzen Tag ohne Pause intensiv zusammengearbeitet hatten, wollte diese „Hochzeit" keiner verpassen. Der Begriff wurde aus der Automobil-Herstellung übernommen. Das ist dort der Montageteil in dem das Chassis mit der Karosserie zusammengebaut wird.
Bis zur Ankunft des Gurtes sollten noch einige Stunden vergehen, diese Wartezeit wurde genutzt, endlich das ausgefallene Mittagsmal nachzuholen.
Ein Chattle-Bus brachte uns und das Montageteam in die Ortsmitte von New Las Cruses. Dort war die Auswahl an Restaurants durchaus reichlich. Alle fanden die Lokale ihrer Geschmacksrichtungen.
Wir hatten uns auf eine Rückfahrt mit

dem Bus um Zwanzig-Uhr-Dreißig geeinigt und wollten uns am Bus-Terminal rechtzeitig treffen.
Gestärkt durch das ausgiebige Essen und erholt, wurden wir wieder an unsere Arbeitsbereiche zurück gebracht.
Die „Hochzeit" sollte um Einundzwanzig Uhr beginnen, also hatten wir noch genug Zeit, um uns einen guten Zuschauerplatz zu sichern.
Fast pünktlich, mit wenigen Minuten Verspätung erreichte das Anschlussstück die Bodenstation. Mittlerweile hatte sich die Anzahl der neugierigen Zuschauer auf etwa Einhundert erhöht.
Es war an diesem Abend die technische Hauptattraktion auf dem Gelände. Die Anspannung der Zuschauer war überall gegenwärtig.
Zunächst musste die Kabine vom Testgurt demontiert werden. Erst nachdem dieser mit dem dazugehörenden Stativ abgebaut war, konnte der „Orbitgurt" an die Startstation angeschlossen und auf Defekte überprüft werden.
Zehn Minuten vor Mitternacht war es vollbracht, und an die Zentrale der Spaceward Foundation/Elevator-Basis konnte der erfolgreiche Anschluss per Funk gemeldet werden.
Es wurde überlegt, ob die Kabine des Liftes noch in dieser Nacht installiert

werden sollte. Doch diese Idee wurde aus Sicherheitsgründen verworfen. Wir waren seit Fünfzehn Stunden im Dienst, da hätten schnell Fehler gemacht werden können. Also wurde dies Arbeit um Zwölf Stunden vertagt.
Bis dahin, so waren sich unsere Teamleiter einig,
sollten wir Mitarbeiter wieder soweit fit sein, um die Installation mit der notwendigen Konzentration abschließen zu können.
Als uns Dr. Brown diese Entscheidung mitteilte, waren wir alle erleichtert. Widerwillig hatten wir uns schon damit abgefunden, die Nacht durcharbeiten zu müssen.
Nach der Verabschiedung wurde der Arbeitsplatz schnell verlassen und jeder hatte es eilig nach Hause zu kommen.

Einigermaßen ausgeruht, aber auf jeden Fall in bester Laune und voll motiviert begannen wir und das Montageteam am Mittag des nächsten Tages unsere Arbeit.
Spät nachmittags war die Montage der Kabine abgeschlossen, und die erste Fahrt ins All konnte gestartet werden. Die berechnete Fahrzeit lag bei Acht Stunden mit einer durchschnittlichen Steiggeschwindigkeit von 50km/h.

Von Dr. Brown, wurden wir vor dem Start darüber informiert, dass wir in Zweiergruppen für Zwei Stunden eingeteilt würden. Wobei immer je Einer für eine halbe Stunde die Überwachung der vollautomatischen Steuerung übernehmen musste. Der Zweite würde ihn nach dieser Zeit ablösen. Da alle voller Enthusiasmus bei der Arbeit waren, gab es kein Problem uns Teammitgliedern in Zweierpaare einzuteilen. So hatte jeder genug Zeit zur Erholung.
Wieder berieten die Teamleiter und die Bauleitung, in einem Meeting, ob der Lift noch am selben Tag gestartet werden sollte.
Wir, das Team Brown, waren dafür. Ebenso sprach auch von dem Montageteam nichts dagegen. Auch die Besatzung der Raumstation gab grünes Licht. Also wurde beschlossen, der erste Start sollte eine Stunde nach der Kabinenmontage geschehen.
Danach verständigte Dr. Peter Brown seine Frau Sue davon, dass er die nächsten Vierundzwanzig Stunden an der Startbasis verbringen würde. Ein Feldbett hatte er sich schon aus dem Vorratsdepot besorgt. Als ich ihn vorsichtig fragte: „Doktor, wo können wir denn schlafen?", hob er entschuldigend beide Arme und erklärte

mir: „Tut mir leid. Dass ihr ja auch eine Liege benötigt, hatte ich total vergessen. Weißt du wo das Materialdepot ist?“. Ich nickte, und er fuhr fort: „Nimm Zwei aus der Gruppe mit und lasst euch dort die Liegen geben. Ich rufe da an und sage, dass ihr kommt, ok?“ Es war ok. Ich bat Bella und Frank, der ja den Pik-up hatte mit mir zu dem Lager zufahren um die Feldbetten und Decken zu holen. Es lag mir viel daran, dass Bella mit fuhr. Da Frank den Wagen fuhr und ich mich in die Mitte der Sitzbank setzen wollte, so war mein Plan, hätte ich Bella für mich alleine an meiner Seite gehabt. Bella war es ganz recht, denn sie hatte mir schon zu verstehen gegeben, dass sie mich eigentlich als den nettesten ansah, und sie lieber bei den Fahrten von und zu ihrer Arbeit neben mir sitzen würde. Als wir ins Auto stiegen und ich mich vor Bella drängte, sah ich ihr vielsagend in die Augen. Sie erwiderte meinen Blick mit einem Schmunzeln um den Lippen. Ihr schien die Platzierung zu gefallen, denn ich spürte wie ihr linker Oberschenkel gegen den meinen rechten drückte. Scheinheilig fragte sie lächelnd: „Bin ich zu dick? Mach ich mich zu breit?“ Ich wusste genau, dass auf der anderen Seite von ihr noch viel

freier Raum war. Ich spielte aber mit und sagte: „Nein, nein, schon gut. Ich werde es schon aushalten," gab ich ebenfalls lächelnd zur Antwort.
Als mich Frank vor der Rückfahrt fragte, ob ich nicht Lust hätte den Pik-up zurück zu fahren, stand Bella seitlich hinter Frank. Ich schaute zu ihr hinüber und sah wie sie sprachlos protestierend ihre Augen und den Mund weit aufriss. Ich musste innerlich grinsen, sagte aber, dass ich als Radfahrer keinen Spaß am Autofahren hatte. Ich konnte sehen, wie sich Bellas schönes Gesicht wieder entspannte.
Um Neunzehn Uhr war es so weit. Hendersen und Blackston übernahmen als erstes Duo die Steuerungen. Blackstone war, wie bei den ersten Versuchen, zuständig für die Stromzufuhr. Durch Regelung der Leistung wurde die Geschwindigkeit und durch eine entgegengesetzte Polarisierung die Bremsung gesteuert.
Wenn auch die Steuerung vollautomatisch ablief, musste sie dennoch überwacht werden.
Die gesamte Leitung hatte ebenfalls wieder Dr. Brown.
Auch dieses Mal ließ der Countdown bei allen Beteiligten und Beobachtern den Pulsschlag und den Blutdruck in die

Höhe schnellen.
Als die Kabine sich wie erwartet nach dem „..Go!" in Bewegung setzte, war uns die Spannung deutlich anzumerken.
In genau 43 Sekunden war die Endgeschwindigkeit der Kabine erreicht und kurz darauf nur noch als kleiner Punkt am Himmel zu erkennen. Von nun an konnte die weitere Fahrt der Kabine nur schematisch auf einem Bildschirm verfolgt werden.
Blackstones rechte Hand lag griffbereit vor dem Umschalthebel mit dem die Automatische Steuerung in eine manuelle umgeschaltet werden konnte.
Falls es notwendig war, konnte er durch umlegen des Hebels und mit einem Not-Aus-Knopf, die Stromzufuhr unterbrechen. Die Fahrt der Kabine würde sofort bis zum Stillstand abgebremst.
Nach Siebendreiviertel Stunden näherte sich die Kabine der Raumstation.
Durch eine Kamera wurde die Ankunft an die Raumstation auf einen Bildschirm übertragen. So konnte Howard Blackstone, der schon den Start überwacht hatte, erkennen ob alles wie gewollt ablief.
Kurz bevor der automatische Bremsvorgang einsetzen sollte, sackte Howard plötzlich in sich zusammen und sein Oberkörper kippte auf das

Steuerpult.
Dabei rutschte seine rechte Hand gegen den Umschalthebel und die automatische Steuerung wurde in die manuelle umgewandelt. Da er aber nicht in der Lage war den Not-Aus-Schalter zu betätigen raste die Kabine ungebremst auf die Raumstation zu. Dr. Brown, der zwar unmittelbar neben Howard stand, musste den scheinbar leblosen Körper aber zur Seite schieben um an den Not-Aus-Knopf zu gelangen. Dann erst konnte er zwar den Bremsvorgang einleiten, aber um eine ausreichende Bremsung zu erreichen, dazu war es schon zu spät. Gebannt schauten wir auf den Kontrollmonitor mit der Kameraaufnahme und wurden so Zeugen wie die Kabine mit deutlich zu viel Geschwindigkeit auf die Station zu raste. Wir konnten nichts weiter tun, als die Belegschaft dort oben über die Sprechverbindung vor dem Aufprall warnen.
Die Kamera übertrug den heftigen Zusammenstoß, bei dem einige Bauelemente zu Bruch gingen.
Dieses Geschehen hatte uns alle so in seinen Bann gezogen, dass keiner mehr an den Kollegen Howard Blackstone gedacht hatte.
Der war mittlerweile von seinem Stuhl auf den Boden gerutscht.
Dr. Brown erlangte als erster die

Fassung und erkannte, dass Howard bewegungslos war. Er beugte sich über ihn und erkannte ein Einschussloch in seiner Stirn. Sofort stand für ihn fest, dass hier jede Hilfe zu spät kam. Sein junger Mitarbeiter, unsere Kollege war tot!
Unser stille Howard Blackstone hatte für die Forschung sein Leben lassen müssen. So dachten ich spontan. Privat hatte kaum einer von uns zu ihm Kontakt. Er lebte zurückgezogen in einem Wohnwagen auf dem modernen Campingplatz am Rand des Sees. Keiner wusste wie oder womit er seine Freizeit verbrachte. Uns war eigentlich nur seine berufliche Qualifikation bekannt. Als dreiunddreißigjähriger Antriebstechniker war er aber in seinem Lebenswandel über jeden Zweifel erhaben.

Als der Doktor sich aufrichtete, war alles Blut aus seinem Gesicht gewichen. Mit einem fahlen Gesicht und weit aufgerissenen Augen sagte er kaum hörbar: „ Er ist tot! Verdammt, er ist tot!!!" Suchend schaute er sich um und erblickte das Loch in der gegenüberliegenden Fensterscheibe. Sie befand sich zwar aus Sicherheitsglas, aber nicht aus einer schussfestem Legierung.

Bald hatten auch wir anderen Teammitglieder die Situation erkannt.
Bella erfasste als erste die Situation und wählte auf ihrem Handy die Notrufnummer.
Dr. Brown setzte mit seinem Smartphone die Projektleitung von dem vorgefallenen in Kenntnis.
Da das Team der Montagemannschaft keine Möglichkeit hatte den Verlauf des Testes über einen Bildschirm verfolgen zu können, hatten sie sich erwartungsvoll mittlerweile vor der Steuerungsanlage eingefunden und wollten sich über den Verlauf informieren. Sie drängten durch die Tür in den Raum.
Mit Schrecken und Verständnislosigkeit in den Gesichtern nahmen sie das Geschehende zur Kenntnis. Kurz darauf erschien die Mannschaft vom Rettungsdienst des zentral gelegenem Krankenhauses.
Der dabei anwesende Arzt konnte ebenfalls nur noch den Tod feststellen.
Da die Todesursache vermutlich ein Schuss in die Stirn war, musste er die Polizei benachrichtigen.
Zu den Ermittlung nach dem Täter und dem Motiv gehörte auch die Befragung unseres Teams und der Montagemitarbeiter die außen gewarteten hatten. Während zunächst die Polizei,

danach das FBI und zu guter Letzt der CIA den Tatort gesichtet und freigegeben hatten, wurde der gesamte Schaden an der Anlage festgestellt. Nachdem unsere Aussagen von den Behörden aufgenommen waren, konnten wir uns endlich mit Zwei Stunden Verspätung wieder an unsere Arbeit machen.
Am schlimmsten, so schien es, war die Raumstation betroffen. Dass sie sich von ihrem Standort verschoben hatte, war noch das kleinste Übel. Mit einigen Aktivierungen der Steuerungsraketen konnte die vorherige Position wieder eingenommen werden, aber die technischen Schäden waren ziemlich umfangreich.
Ebenfalls war die Liftkabine sehr in Mitleidenschaft genommen worden.
Es stellte sich aber heraus, dass eine Wiederherstellung keinen großen Einfluss auf die Weiterführung der gesamten Mission haben würde. Ein baldiger Austausch der zerstörten Teile war möglich, da früh genug an Austauschteile gedacht worden war. Eigentlich sollte der notwendige Austausch verschlissener Teile, zu späterer Zeit vorgenommen werden. Sogar eine komplette Ersatzkabine war vorhanden.

Obwohl die Reparatur sehr

vielversprechend verlief, herrschte in unserem Team tiefe Betroffenheit. Weniger über den technischen Schaden, als über den Tod eines unserer Kollegen. Warum musste er sterben? War es ein Zufall, oder wurde er gezielt getötet? Lag das Motiv in seinem Privatleben? War es Sabotage? Zu diesem frühen Zeitpunkt konnte natürlich noch keine Antwort auf eine der Fragen gegeben werden.
Als wir nach etwa Fünfzig Stunden die Anlage verließen, schien es, als hätte von diesem Unglück außerhalb der Station kaum jemand etwas mitbekommen. Keinem von uns war aber danach zumute einfach so auseinander zu gehen. In einer kleinen Bar in der Nähe wollten wir zunächst erst einmal den Schock bei einem Drink ein wenig zu verdauen. Ein Versuch war es wert.
„Wie es nun weiter geht, kann ich euch im Moment noch nicht sagen," wechselte Dr. Brown das Thema. „Zunächst werden wir Fünf alleine weitermachen. Ob wir jemanden als Ersatz für Howard bekommen werden, halte ich für unwahrscheinlich. Unsere Aufgabe ist ja weitestgehend abgeschlossen. Die noch anstehenden Tests können wir wohl auch so noch fahren. Morgen ist um Zwölf-Uhr eine Besprechung der Projektleitung, und dann sehen wir weiter. Es reicht, wenn

ihr um Elf an der Bodenstation seid. Schlaft euch erst einmal aus, soweit es überhaupt möglich ist." Er hob sein Glas und prostete uns, seinem Team, aufmunternd zu.
Stumm nickten wir ihm zu und erhoben ebenfalls unsere Gläser.
Eine Stunde später, es war mittlerweile schon Zweiuhr-Dreißig geworden, löste sich unsere Gruppe auf. Alle wollten nun doch endlich nach Hause. Das ganze Drama hatte uns ziemlich mitgenommen.
Auf dem Weg zum Parkplatz fragte Bella mich, sie bemühte sich dabei unverfänglich zu klingen: „Kann ich dich nach Hause bringen? Du kannst dann dein Rad an der Station stehen lassen. Ich hole dich Morgen um Halb-Elf ab?"
Sie hatte mich schon auf der Herfahrt überholt und nachdem mein Rad in dem Kofferraum verstaut war, mitgenommen.
So empfand ich ihr nächtliches Angebot ausgesprochen angenehm.
Auch bei mir hatte sich schon lange mehr als nur Sympathie für Bella eingestellt. Leider hatte meine Schüchternheit mich immer davon abgehalten, mich ihr zu nähern.
„Das ist eine sehr gute Idee von dir, Bella. Ich danke dir."
Meine Antwort klang etwas steif und unbeholfen, denn ihr Angebot hatte mich sehr überrascht.

Bella hatte meine Verwirrtheit wohl bemerkt und lächelte still vor sich hin. Vielleicht dachte sie:`Wie süß, dass dieser Mann noch schüchtern wie ein Primaner sein kann.` Ich hatte davon natürlich keine Ahnung.
Da Bella nicht wusste, wo ich wohnte, waren während der kurzen Fahrt nur meine Angaben zur Fahrstrecke das Gesprächsthema.
Vor meiner Haustür angekommen, nahm ich mein Herz in beide Hände und fragte mehr aus Höflichkeit, denn ich glaubte nicht, dass sie auf die abgedroschene Frage, ja sagen würde: „Kann ich dich noch auf ein Glas Wein einladen?"
Um so erstaunter war ich, als sie mich anlächelte und meinte: „Ja, ich nehme dankend an."
Mein Herz machte einen Sprung!
Oben in meiner Wohnung war Bella neugierig zu erfahren wie ich eingerichtet war. Gerne zeigte ich ihr die Zwei Zimmer und das modern gefliese Bad. Als wir endlich auf dem gemütlichen Ecksofa Platz genommen hatten, schaffte ich vor Aufregung kaum die Weinflasche mit dem 2023er Californien-Quin Spätlese zu öffnen.
Ich füllte die Gläser mit dem Rotwein und wir prosteten uns lächelnd zu.
Natürlich hatten wir das schreckliche Ende unseres Testlaufes zunächst zum

Gesprächsthema. Einen großen Teil der Zeit nahm aber smal-talk ein. Wir wussten ja so gut wie nichts von einander. Ich weiß noch, dass es ein ausgesprochen harmonischer und fröhlicher Tagesbeginn war.
Irgendwann, es war wohl schon Drei Uhr und langsam mussten wir an Schlaf denken. Als die Weinflasche fast leer war, stellte Bella die Frage: „Darf ich heute Nacht bei dir bleiben? Ich möchte ungern alleine zu Hause sein." Mit einem Hinweis auf die fast leere Flasche fügte sie noch hinzu: „Fahren darf ich übrigens auch nicht mehr."
Vor Überraschung hätte ich mich beinahe verschluckt, und Bella musste wieder grinsen.
„Natürlich, du kannst in meinem Bett schlafen, ich nehme das Sofa."
Bella machte den Eindruck, als würde sich eine leichte Enttäuschung in ihr breit machen, aber andererseits schien es ihr auch zu gefallen, dass ich sie nicht in eine kompromittierenden Situation brachte.
Also wurde sie aktiv.
Sie hatte bei der Wohnungsbesichtigung das französische Bett in meinem Schlafzimmer scheinbar noch gut in Erinnerung. Sie machte kein Geheimnis daraus, dass sie die Nacht nicht alleine verbringen wollte!

Also machte sie den Vorschlag: „Nun komm, das Bett ist doch groß genug für uns beide. Sicherlich ist es auch bequemer als das schmale harte Sofa. Außerdem sind wir zwei erwachsene Menschen. Du gibst mir einen Schlafanzug und dann wird es schon gehen."
Diese Worte ließen mein Herz schneller schlagen. Ich holte für sie einen Schlafanzug aus dem Schrank.
„Die Ärmel und die Beine werden wohl etwas zu lang sein, aber für eine Nacht wird's schon gehen," mit diesen beinahe entschuldigenden Worten legte ich den Schlafanzug auf das Bett.
Ich war froh, dass sich ein weiteres Oberbett und Kissen im Bettkasten befand, so konnte ich einer schwierigen Situation aus dem Weg gehen.
Bella fühlte sich sichtlich wohl in der Situation und machte den Vorschlag: „Lass uns noch den Rest Wein trinken und dann gehen wir schlafen. Was hältst du davon?"
Ich war einverstanden.
Nachdem der Wein getrunken war, wollte Bella die Gläser und die Flasche abräumen. Ich meinte aber: „Lass ´mal, ich mache das schon. Du kannst dich ja in der Zeit umziehen.
Wo das Badezimmer ist weißt du ja."
Bella nickte und verschwand im

Schlafzimmer.

Während ich Ordnung schaffte, tauchte sie in dem viel zu großen Schlafanzug auf dem Weg zum Badezimmer auf.
Bei diesem Anblick konnte ich mir scherzend die Bemerkung: „Wenn du den noch öfter tragen willst, dann werde ich ihn wohl einige mal in die Kochwäsche packen müssen," nicht verkneifen.
Sie streckte mir vielsagend die Zunge raus und verschwand im Bad.
Ich begab sich ins Schlafzimmer und zog mich ebenfalls um.
Verzichtete aber wie immer auf das Schlafanzug-Oberteil.
Mein sportlicher Körper konnte sich auch durchaus sehen lassen.
Auf meinem Weg zum Bad begegneten wir uns in der geöffneten Schlafzimmertür.
Da keiner von uns dem anderen Vortritt lassen wollte, kamen wir uns sehr nahe und unsere Blicke vertieften sich lächelnd in einander. Deutlich spürten die positive Spannung zwischen uns. Man konnte es quasi knistern hören!
Als ich aus dem Bad wieder ins Schlafzimmer kam, fand ich Bella schon im Bett liegend vor. Wie ein braver Kirchenjunge legte ich mich daneben, stellte den Wecker auf Acht Uhr und löschte die Nachttischlampe.

Ich fand es ausgesprochen aufregend zu wissen, dass die Frau meiner Träume in der Realität neben mir lag. Sie wiederum wünschte mir schmunzelnd eine Gute Nacht und drehte sich auf ihre „Schlafseite". Leider drehte sie mir dabei den Rücken zu.

In der Nacht wurde sie einmal wach und spürte, dass ich im Schlaf meinen Arm um sie gelegt hatte. Es war ihr absolut nicht unangenehm. Im Gegenteil: Durch meinen Arm fühlte sie sich geborgen wie zuletzt als Kind in den Armen ihres Vaters.

Sie kuschelte sich tiefer an mich, lächelte und schlief wieder ein.

Der Summer des Weckers riss mich aus dem Schlaf.

Als ich sah, dass Bella noch neben mir lag, freute ich mich wie ein kleiner Junge und war bemüht sie beim Aufstehen nicht zu wecken.

Ich wollte sie mit einem Frühstück überraschen.

Also beeilte ich mich zu duschen und war bemüht mich leise anzuziehen. Um sie zu wecken trat dann an das Bett und schaute in ihr schlafendes schönes Gesicht. Da überkam es mich. Ich beugte mich zu ihr hinab um sie auf die Stirn zu küssen. In diesem Moment legte sie ihren Kopf leicht in den Nacken und meine Lippen berührten ihre. Dabei

spürte ich ihre rechte Hand, die meinen Kopf nach unten zog, in meinem Nacken. So wurde aus meinem Vorhaben ein ausgiebiges Geknutsche. Als ich wieder „zu mir kam“ fand ich mich neben ihr auf dem Bett liegend wieder.
„Ich war schon lange wach, aber ich wollte wissen wie du mich wecken würdest. Das können wir durchaus öfter machen,“ waren ihre ersten Worte an diesem Tag. Leider konnten wir zu dem Zeitpunkt nicht weiter vertiefen, denn wir hatten ja noch einen Beruf.
Der Kaffee wartete schon als sie aus dem Bad kam.
Während des Frühstücks alberten wir beiden wie zwei Schulkinder. Hundert Mal hatte ich früher den Wunsch Bella in die Arme zu nehmen und sie zu küssen. Aber da ich nicht wusste, wie sie darauf reagieren würde, hatte ich mich nie getraut.
Aber dass Bella für mich genauso empfand, wie ich für sie wusste ich ja nicht. Da ich einfach zu schüchtern war, musste sie wohl den Anfang machen. Was sie ja bei Frank im Pik-up auch schon getan hatte. Sie hatte sich gedacht: Warum so viel Zeit verschenken?
Unvermittelt stand sie auf, ging um den Tisch auf mich zu und nahm zärtlich seinen Kopf zwischen ihr Hände,

lächelte mich an, schaute tief in meine Augen und küsste mich auf den Mund. Als sie sah, dass ich meine Augen geschlossen hatte, machte sie es genauso und unsere Zungen trafen sich erneut irgendwo auf dem Weg zum Himmel.

An diesem Vormittag fuhren Bella und ich mit ihrem Wagen, einen schon etwas älteren Buick, zu unserem Arbeitsplatz. Kurz vor Elf Uhr traf unser Team wieder an der Bodenstation zusammen. Der Doktor war schon vor einigen Stunden zu einer Besprechung der verantwortlichen Führungskräften gewesen und konnte uns nun den weiteren Ablauf des Tests bekannt geben.
„Also, warum auf Howard geschossen wurde steht natürlich noch nicht fest. Das FBI und der CAI untersuchen in verschiedene Richtungen. Ich kann euch diesbezüglich nichts Neues sagen. Aber für uns muss es ja weiter gehen. Unsere Anlage ist ja wahrscheinlich nicht beschädigt, aber wir müssen dennoch eine Überprüfung vornehmen. Dann werden wir versuchen, die Kabine von oben vorsichtig wieder runter zu bekommen, damit das Montageteam die Ersatzkabine montieren kann. Danach geht's von vorne los."
Frank Zapek wollte wissen: „Wie soll das mit dem runter lassen der Kabine

denn funktionieren? Wir wissen doch gar nicht, ob die Kabine auf unsere Inputs richtig reagiert."
Dr. Brown konnte ihn beruhigen: „Bevor wir beginnen können, werden die Kollegen von der Raumstation die Kabine mit Sicherheitsseilen über eine Elektrische Seilwinde etwa einen Kilometer auf den Weg nach unten lassen. Danach müssen wir die Kabine wieder ein Stück nach oben fahren. Wir können dann auf dem Kilometer unsere Tests machen. Sollte es nicht klappen, demontieren sie oben die Kabine und lagern sie zunächst außen an der Station.
Wir werden nun unsere Überprüfung vornehmen, und dann werde ich mich nach dem Stand der Dinge da oben erkundigen," er deutete mit dem rechten Zeigefinger zum Himmel, meinte aber nicht Gott, sondern die Raumstation, „wann es weiter gehen kann."

Nachdem die Überprüfung des Steuermoduls positiv verlaufen war, meldeten die Leute der Raumstation, dass die beschädigte Kabine wieder zur Erde herabgelassen werden konnte. Für Dr. Brown und uns begann die abenteuerliche Arbeit. Zunächst überprüften wir die Funktion der Kabine. Da die Prüfung positiv

verlaufen war, versuchen wir sie in die Startstation zurück zu bringen. Dieses sollte ebenfalls Computer-gesteuert geschehen.
Auch dieses Mal würde die Überwachung am Monitor halbstündlich wechseln.
Natürlich war seit dem Start nach oben der Luftraum für alle Flugkörper weiterhin gesperrt worden.
Wieder einmal bedeutete das für alle, Vierzig Stunden im Einsatz beziehungsweise in Bereitschaft zu sein.
Aber wissend, dass wir Pionierarbeit leisteten, genügte um mit ungebrochenem Enthusiasmus unsere Arbeit zu verrichteten. Schließlich ging es um den ersten geplanten Flug zum Mars mit Menschen.
Problemlos gelangte die Kabine nach Achtunddreißig Stunden, wie vom Doktor geplant, wieder an das untere Ende des Führungsgurtes.
Sofort begann die Montagetruppe mit dem Wechsel der Kabine.
Wir hatten endlich den wohlverdienten Feierabend mit einem anschließenden freien Tag.
Es war beschlossen, dass an dem darauf folgenden Tag die Arbeit um Neun Uhr begonnen werden sollte.

Als ich mit dem Fahrrad über den

Parkplatz rollte, sah ich den Kollegen Frank in seinen Wagen einsteigen. Wir winkten uns noch kurz zu. Aus den Augenwinkeln konnte ich noch erkennen, dass er
sichtlich erschöpft, aber so wie es schien, dennoch sehr zufrieden auf den Fahrersitz seines Pik-ups rutschte. Sicherlich war auch sein sehnlichster Wunsch: Lange und tief in seinem Bett zu schlafen. Seine Wohnung lag am östlichen Rand von New Las Cruses.
Ich nahm an, dass ihn selbst sein Hobby, die Aquaristik, mit der er sich sonst stundenlang gerne beschäftigte, an diesem Abend nicht mehr interessieren würde.
Er hatte sich dass Vierhundert-Liter Becken speziell für eine Nische in seiner Wohnung anfertigen lassen. Es war damals eine ziemlich aufwendige Angelegenheit.
Um das Gewicht von ungefähr einer halben Tonne gefahrlos auf Zwei Quadratmetern platzieren zu können, musste zunächst ein Statiker sein ok geben.
Mittlerweile hat alles seine Ordnung. Die Bepflanzung ist schon seit Wochen beendet und die ausgesuchten Süßwasserfische fühlten sich in ihrer neuen Umgebung sichtlich wohl. Als Jugendlicher hatte er lange Zeit die

Meinung vertreten, dass es das langweiligste Hobby der Welt sei und ein Aquarium den gleichen Stellenwert für die Wohnung wie ein Bild hatte. Maximal den eines Zimmerspringbrunnens.
Ein späterer Studienfreund brachte ihm die Aquaristik näher und machte ihn auf die sich ständig wechselnden Situationen aufmerksam. Im Wasser war ständiges Leben. In irgend einer Ecke war immer irgend etwas los.
So fand er den Einstieg in sein einziges Hobby, das ihm an so manchem Tag Freude und Entspannung beschert hatte.
Für eine Frau hatte er sich bisher noch nicht wirklich interessiert. Das bedeutete aber nicht zwangsläufig, dass er schwul war.
Mit seine Achtundzwanzig Jahren war er überzeugt, dass es für eine Familiengründung zu früh sei.
Dass es noch etwas dazwischen gab, hatte er trotz all seiner Intelligenz nicht mitbekommen.
Also blieben ihm nur seine Fische, und er war zufrieden. Besonders nach diesem Vierzig-Stundeneinsatz. Schnell hatte er sich ausgezogen und ins Bett gelegt. Er konnte aber noch nicht einschlafen. Unruhig wälzte er sich ständig von der linken auf die rechte

Seite und wieder zurück. Ihn plagten Gewissensbisse.
Dass Howard Blackstone getötet wurde, das hatte er nicht gewollt. Es wäre wohl doch besser gewesen, wenn er nicht mit dem Ehemann von Howards Freundin gesprochen hätte. Aber wer konnte ahnen, dass der dermaßen ausrasten würde?
Warum er der Polizei von dem Gespräch noch nichts erzählt hatte wusste er auch nicht so genau. Es hatte wohl an dem Schock gelegen. Er nahm sich aber vor, es am nächsten Tag nachzuholen. Danach fiel er schon kurz darauf in einen tiefen Schlaf.

Im Spaceward Foundation/Elevator Hauptquartier wurde fieberhaft an einem neuen Zeitplan für die Marsmission gearbeitet. Mit am Tisch saßen Mitarbeiter des NASA Institute for Advanced Concepts (NIAC). Während dessen machte die Reparatur der Bodenstation im Gelände des ehemaligen Übungs- und Testgeländes White Sands Missile Range (WSMR) der US-Army gute Fortschritte.
So dass das wir wie geplant an dem Donnerstag um Neun Uhr unsere Arbeit aufnehmen konnten.
Da alle Abläufe ja bekannt waren, kamen wir schnell zu dem Ende der

Startvorbereitungen.
Durch einem Anruf des Doktors bei der übergeordneten Stelle, wurde ihm auf Grund der positiven Entwicklung, vorgeschlagen den zweiten Versuch noch in der kommenden Nacht durch zu führen. Dem schnell wieder hergestellten Status des ersten Versuches, sollte der zweite Versuch noch in der kommenden Nacht durchgeführt werden. Die Notwendigkeit den immer noch gesperrten Luftraumes bald wieder freigeben zu können, war ein weiteres Argument für die schnelle Wiederholung.
Das war aber eine Entscheidung mit der sich Dr. Brown nicht einverstanden erklärte.
Er wollte und konnte uns in so kurzer Zeit nicht erneut einer so verantwortungsvollen Aufgabe aussetzen. Die damit verbundene notwendige Sicherheit könnte bei diesem unnötigen Arbeitsdruck nicht gewährleistet werden. Seiner Argumentation, dass er für die erforderliche Leitungsfähigkeit von uns keine Garantie übernehmen könne, wurde gefolgt.
Gottlob konnte sich Brown mit seinem Widerspruch durchsetzen.
Fast hätte er damit gedroht, uns anderen Falls zu raten, dass wir uns wegen burn-out arbeitsunfähig schreiben zu lassen.

Wenn ihm hier die Erpressung auch gelungen wäre, hätte es ihn sicherlich später an anderer Stelle sehr schaden können.
Aber man eignete sich auch ohne seine Androhung darauf, den erneuten Versuch am kommenden Samstagabend um Neunzehn Uhr zu starten.
Das Spaceward Foundation/Elevator Hauptquartier erreichte derweil eine weitere schlechte Nachricht.
Zwei der ausgesuchten Neu-Astronauten sind für die weiteren Vorbereitungen ausgefallen.
Ein Mediziner und ein Fachmann für Antriebstechnick.
Da sich die Trainingsphase noch am Anfang befand war eine Nachnominierung erforderlich und noch möglich.
Dem Auswahlkomitee war seinerzeit schon mein Name Edward White aufgefallen.
Aber da meine Bewerbung zu spät eingegangen war, konnte ich zunächst nicht berücksichtigt werden.
Nun bestand eventuell die Möglichkeit, erneut einen „Edward White" in ein Pionier-Team aufzunehmen. Die erste bemannte Marsmission war für die Raumfahrt ein ebenso bedeutender Abschnitt in der Raumfahrt, wie im Jahre 1965 bei meinem Namensvetter die ersten bemannten Flüge im Orbit der Erde. Er hatte damals mitgeholfen,

durch seinem ersten Aufenthalt im Universum außerhalb eines Raumschiffes, die Raumfahrtechnik einen großen Schritt weiter zu entwickeln. Sein Erfolg bewog die NASA, ihn für den Apollo 1 Flug auszuwählen.
Doch am 27.Januar 1967 fand er während eines Testlaufes an der Startrampe mit Zwei weiteren Astronauten in der Kapsel den Tod. Durch eine zu hohe Sauerstoffkonzentration in der Kapsel war ein Feuer ausgebrochen.
Er, der sein Leben riskiert hatte und das Genmini-Vorgängermodell im Weltraum verlassen hatte, starb bei einem simplen Test ohne den Boden verlassen zu haben.
Da ich auch alle erforderlichen Voraussetzungen erfüllte, fiel die Wahl auf mich. Sowohl meine beruflichen Ausbildung, meinem privaten Lebenslauf, und auch meinen medizinische Eckdaten entsprachen den Vorgaben. Besonderer Wert wurde für den Bereich soziale Fähigkeiten im Zusammenleben auf engstem Raum für etwa Eineinhalb Jahre gelegt.
Als zweiten Nachrücker fiel die Wahl auf eine Frau.
Entgegen den früheren ersten Auswahlverfahren war das Komitee Gott sei Dank nicht mehr der überheblichen Vorstellung verfallen, dass Frauen den

unbekannten Belastungen nicht gewachsen sein würden.
Nun aber wurden ebenfalls die Bewerbungen der Frauen hinzugezogen.
Erst Recht als sich in modernen Tests zeigte, dass sowohl bei den medizinischen, als auch bei den physischen Testergebnissen für Frauen teilweise sogar Bestwerte heraus kamen.
Dadurch musste das Komitee seine Argumentation gegen Frauen im All, und somit auch auf dem Mars, fallenlassen.
So hatten es Vier in das Nachrückverfahren geschafft.
Letztlich fiel die Wahl auf die dreiunddreißig jährige Ärztin Anke Nejes aus den Niederlanden.
Als zweiter Nachrücker wurde dann doch Edward White, also ich, auserkoren. Da meine körperliche Fitness, eigentlich gegen eine Berücksichtigung sprach, war wohl mein Name das ausschlaggebende, für meine Nominierung. Andererseits waren meine fachlichen Fähigkeiten über jeden Zweifel erhaben.

Anke Nejes musste in den Niederlanden von ihrer Berufung in Kenntnis gesetzt werden. Dass ich im Team des Dr. Brown mitarbeitete, war der Spaceward Foundation/Elevator bekannt.
Mit meinem Chef wurde ein Termin vereinbart, an dem ich einen Dr.

Bernstein im Verwaltungstrakt des NASA Institute for Advanced Concepts (NIAC) aufsuchen sollte. Dr. Bernstein war stellvertretender Leiter für Personalfragen.
Er hatte den Wunsch die angehenden Raumfahrer und Raumfahrerinnen persönlich kennen zu lernen.
Doch davon hatte ich zu dem Zeitpunkt noch keine Ahnung.
Um mich nicht von seiner momentanen Tätigkeit abzulenken, nahm der Doktor sich vor, mich erst nach dem letzten erfolgreichen Abschlusstest, von meiner Berufung in den Astronautenkader zu informieren.

Samstag Abend, einige Sekunden vor Neunzehn Uhr: ...Sechs, Fünf, Vier, Drei, Zwei, Eins, Go!
Bill Hendersen, der nun die Energiezufuhr einleitete und überwachte, atmete tief durch als er merkte, dass der Orbit-Lift nach einigen Metern automatisch beschleunigte. Auf dem Display konnten alle deutlich erkennen, dass die Endgeschwindigkeit in der geplanten Zeit erreicht wurde.
Aber nicht nur Bill durfte sich entspannt in seinen Stuhl zurück lehnen. Das gesamte Team war erleichtert.

Nun konnte sich jeder auf eine lange Wartezeit einrichten. Nur Bill Hendersen und der Team-Chef nicht. Dr. Brown wollte Hendersen nach Dreißig Minuten ablösen und den getöteten Kollegen in einer „Doppelschicht“ im Anschluss ersetzen.
Er hatte uns Anderen noch einmal den Ablauf erklärt: „Damit der Ablösende sofort die volle Konzentration abrufen kann, muss er oder sie sich eine halbe Stunde vor dem Einsatz an den Monitoren, geistig „warm machen“. Man darf das durchaus mit dem Aufwärmen bei Leistungssportlern vergleichen.“
Die „Reisezeit“ von fast Vierzig Stunden zur Raumstation erscheint zunächst sehr lang, aber die Kostenersparnis war ein angenehmer Ausgleich. Besonders, wenn man bedenkt, dass die zu erwartenden finanziellen Belastungen um zig Millionen US-Dollar für die Marsmission geringer sein würden, gegenüber einem Raketenstart von der Erde.
Dazu ist diese Art den Weg zum Orbit zu erreichen auch weniger anfällig für Gefahren. Die Kabine kann gegebenenfalls sowohl vom Boden, als auch von der ISS-2 und der Kabine selbst in manuellen betrieb umgeschaltet werden und jeder Zeit wieder zurück bewegt werden.

Nennenswerte Abwechslung kam erst wieder auf, als Bella Castoni Sichtkontakt mit der ISS-2 meldete. Sofort versammelten sich alle hinter ihr um die letzte Strecke auf den Bildschirmen zu verfolgen.
Wenn der Bremsvorgang wie geplant, computergesteuert einsetzen würde, dauerte es noch einige Minuten.
Die letzten Sekunden bis zu diesem Umschaltzeitpunkt zählte Dr. Brown laut, obwohl jeder die große Uhr über den Bildschirmen sah.
...... Fünf, Vier, Drei, Zwei, Eins, Null
Mit einem Bruchteil einer Sekunde setzte der Bremsvorgang verspätet ein, aber alle waren sich einig, dass diese Verspätung im Toleranzbereich war. Genaueres würde die elektronische Zeitmessung, welche später im ausgedruckten Leistungs- und Verbrauchsprotokoll festgehalten ist, klären.
Nun übernahm Dr. Brown wieder die Überwachung. Bis zum Andock-Vorgang sollte es laut den Berechnungen Zwei Minuten dauern.
Bei diesem Andock-Manöver hatte sich die Montagetruppe ebenfalls in dem kleinen Kontrollraum mit den verschiedenen Monitoren versammelt. Alle hofften, dass dieser Versuch nicht

ebenfalls wie der Erste in einem Desaster endet.
Ein kurzer Schauer lief Dr. Brown den Rücken hinunter als er an die schlimme Tat dachte.
Da die gesamte Belegschaft in den letzten Tagen mit dem erneuten Start beschäftigt war, hatte niemand mehr daran gedacht, wie weit die Ermittlungen schon gediehen waren.
Er nahm sich aber vor, sobald die Zeit es ihm gestatten würde, sich danach zu erkundigen.
Nun musste er seine gesamte Aufmerksamkeit, auf den letzten Metern vor dem andocken, der Kabine widmen.
Als alle Drei Kontrollmonitore den Schriftzug „Lift input" zeigten, war allen klar: Es war gelungen!
Hatte die Fahrt in der ersten Planungsphase für einen Lift zur ISS-2 noch zwei Wochen gedauert, so war man hier mit einer Fahrzeit von etwas unter Vierzig Stunden doch deutlich schneller und somit in Bedarfsfällen, eher einsatzbereit.
Alle Anwesenden und die Besatzung der ISS-2 freuten sich jubelnd über das gelungenen Manöver.
Nach etwa Fünf Minuten, die Freude war mittlerweile zweckmäßiger Betriebsamkeit gewichen, wurde die Kabine zur Abkopplung und einer

imaginären Entladung vorbereitet.
Nun hatte Dr. Brown etwas Zeit und konnte uns davon informieren, was er von der Verwaltung erfahren hatte.
Die Polizei hatte schnell herausgefunden, dass der junge Blackstone einem Eifersuchtsdrama zum Opfer gefallen war. Der Täter war schon verhaftet. Howard hatte sich wohl mit einer verheirateten Frau eingelassen. Somit konnte ein Sabotage- oder Spionageakt ausgeschlossen werden und weitere Anschläge waren nicht mehr zu befürchten.
Der Abbremsvorgang und die An- und Abkopplung mussten nun noch Neunzehn Mal fehlerfrei wiederholt werden, erst dann würde dieser Abschnitt als beendet gelten. Dazu wurde die Kabine manuell einige Kilometer Richtung Erde gefahren und im Automatik-Modus wieder auf die volle Geschwindigkeit zur ISS-2 gebracht. Der Bremsvorgang sollte an vorgegebener Stelle selbstständig einsetzen. Ebenso musste das Ankoppel- und das spätere Abkoppelmanöver über dafür vorgesehene Sensoren selbstständig geschehen. Natürlich konnten bei allen Versuchen, wie auch später im Betrieb Boden- oder Raumstationspersonal auf manuelle Steuerung umschalten.
Nachdem dieses Versuchspensum

fehlerfrei absolviert war, bekamen alle Mitarbeiter Zwei Tage frei. Unser Team hatte die auch dringend nötig.
In einer Praxiserprobung sollte zunächst ein Kometenbeobachtungs-Modul zu der ISS-2 über New Mexico, geschickt und dort montiert werden. Danach wurden dort die kleinen Ablenkraketen zur Asteroiden Abwehr stationiert.
Durch den ersten neu geschaffenen Orbitlift konnten die Raketen kostengünstig zur Raumstation befördert werden.
Als auch diese Vorgänge zur vollsten Zufriedenheit beendet waren, fand die Beförderung mit der Zehn Tonnen schweren Mars-Transport-Rakete „Building Dog" zur ISS-2 statt. Damit würden die ersten Menschen zum Mars fliegen. Wie ich sie beneidete...
Alles in allem haben wir etwa Acht Tage rund um die Uhr gearbeitet. Die Verpflegung für uns war ausgezeichnet und unsere Feldbetten wurden durch komfortablere Luftgefüllten Liegen ersetzt. Ich war erstaunt, dass es zu keinerlei Spannungen oder Erschöpfungserscheinungen kam. Tja, wir waren ein tolles Team und passten sehr gut zusammen. Besonders Bella und ich!
Nachdem endlich auch der „Building Dog" oben an der Raumstation erfolgreich angedockt hatte konnten wir uns auf

eine Woche Sonderurlaub freuen.
Nun kam auf Dr. Brown die Aufgabe zu, mir die Nachricht meiner Nachnominierung zu vermitteln. Ihm passte dieser Fortgang natürlich überhaupt nicht. Nach dem gewaltsamen Tod des jungen Blackstone würde in seinem Team nun Zwei Leute fehlen.
Gut, er hatte nun Zeit sich um Ersatz zu bemühen, denn bis der nächste Orbitlift aufgebaut werden konnte, würden noch Monate vergehen. Die Planung lies einen Standort in China vermuten. Ob er überhaupt noch mit der Aufgabe betraut würde, stand aber noch, wie man sagt, in den Sternen.
Zum Abschluss des Tages bat er mich in sein Konstruktionsbüro.
Um eine Spannung aufzubauen schilderte er mir zunächst seine Situation. Dass er nicht wusste, ob und wie es mit ihm weiter ging. Die eventuelle Auflösung des Teams wurde deutlich gemacht, um dann beiläufig, mit gespieltem Neid den Satz: „...aber das wird dich ja nicht sehr interessieren. Du hast ja einen Job.", sagen zu können.
Ich sah meinen Chef erstaunt und fragend an.

Wie ich Astronaut wurde

„Ach, hatte ich dir noch nicht gesagt, dass du ein Astronaut werden kannst? Tut mir leid!" Er amüsierte sich köstlich als er mein erstauntes Gesicht sah. „Ich habe es vor einigen Tagen erfahren und wollte dich nicht von unserer gemeinsamen Arbeit ablenken, deshalb habe ich es dir noch nicht gesagt." Dabei umspielte seinen Mund ein wohlwollendes Lächeln.

Als er sah, wie ich mich über meine Nominierung freute, streckte er mir die Hand entgegen.

„Herzlichen Glückwunsch, Edward. Ich freue mich für dich und wünsche dir alles Gute."

Ich war bis dahin nicht in der Lage gewesen auch nur eine Silbe zu sagen. Doch dann sprang ich von meinem Stuhl hoch, ergriff Browns Hand und umarmte ihn. Er klopfte mir dabei väterlich auf die linke Schulter.

Brown nannte mir noch den Termin an dem ich Dr. Bernstein im Verwaltungszentrum aufsuchen sollte. Er hatte seine Dienststelle eigentlich in Florida und war extra meinetwegen nach New Mexico gekommen. Frohgelaunt und beschwingt verließ ich das Büro.

Nun musste Dr. Brown aber noch mit den Anderen Drei seines Teams über deren Zukunft reden. Keine leichte Aufgabe,

aber vielleicht würden sie ja alle mit ihm nach China mitkommen wollen. Ihm wäre das am liebsten, aber China war weit weg.
Mit seiner Frau Susanne hatte er alles schon besprochen, und sie hatte sich nachdem sie den ersten Schock überstanden hatte, mit einem notwendigen Umzug in das fremde Land einverstanden erklärt.
Als ich Bella abends in ihrer Wohnung besuchte, bemerkte sie sofort, dass ich verändert war. Ich konnte es an ihrem Gesichtsausdruck erkennen. Sie sagte aber nichts. Sie meinte wohl, dass ich mein verändertes Verhalten ohne ihre Frage erklären würde. Recht hatte sie!
Als hätte ich ihre Gedanken erraten, erzählte ich ihr von der Nachricht meiner Nachnominierung.
Einerseits freute sie sich für mich, aber andererseits: Was würde aus unserer Liebesbeziehung? Sie hatte doch gerade erst begonnen.
Das war die zweite Hiobsbotschaft, die sie an diesem Tag erhielt. Erst ihre eventuell anstehende berufliche Veränderung mit einem eventuellen Umzug nach China und nun wurde ich in das Team der Astronauten, die zum Mars fliegen sollten, aufgenommen.
Sie hatte sich schon sehr darauf gefreut, dass wir nach der Installation

des Orbit-Liftes mehr Zeit für einander gehabt hätten. Dass meine Ausbildung schon in Zwei Wochen an der Ostküste beginnen würde, gefiel ihr natürlich überhaupt nicht. Dabei hatte sie sich doch eine Zeit mit mir in China gewünscht.
Natürlich konnte sie die weitere Arbeit im Team des Dr. Brown ablehnen, aber sie hatte keine große Lust sich schon wieder eine neue Anstellung zu suchen. Wir verlegten das Thema auf einen der nächsten Tage, um nach einer Lösung für unser Problem zu suchen.
Aber ich war mir sicher, sie spürte, dass die Würfel schon längst gefallen waren.
Im wieder eröffnetem NASA Institute for Advanced Concepts (NIAC) in Florida wurden seit Jahren an den Pläne für eine Mars-Exkursion gearbeitet. Ein entsprechendes Trainingscamp mit allen erdenklichen Problemsituationen, denen die Astronauten ausgesetzt sein könnten, wurde in kürzester Bauzeit westlich von Jacksonville aus dem Boden gestampft.
Der 2. März war der Tag an dem wir angehende Marsbewohner uns dort einfinden sollten. Ich war schon morgens um Neun Uhr eingetroffen. Im Laufe des Vormittages trudelten die anderen Neun Mitglieder der geplanten

Marsmission im Verwaltungsgebäude ein. Jeder von uns meldete sich im Sekretariat des Personalleiters Dr. Bernstein an. Dort wurden uns zunächst eine Sammelunterkunft zugewiesen. Das war der Gebäudekomplex Q-12 am Rande des Trainingscamps. Eine Frau Orelia empfing uns und erklärte uns das weitere Prozedere. Wo genau unsere Unterkunft war und wann der erste Trainingstag sein würde. Die Formalitäten wurden erledigt und wer Fragen hatte, konnte diese mit ihr besprechen.

Sie teilte uns zu Letzt noch mit, dass ein gemeinsames Treffen um 15.00 Uhr im Lehrsaal-X2 in diesem Gebäude stattfinden würde. Dr. Bernstein wollte uns dann über weitere Schritte informieren. Unsere vorläufigen Unterkünfte waren zunächst im Gebäude Q-11, in der ersten bzw. zweiten Etage. An den Türen waren schon unsere Namen angebracht. Wer Essen gehen wollte, konnte dieses bis 14.00Uhr in dem Kantinenkomplex machen. Keiner von uns hatte Hunger. Wir wollten uns erst einmal in unserer neuen Bleibe einrichten.

Zur angegebenen Zeit fanden wir angehenden Astronauten uns vor dem Lehrsaal-X2 ein. Gemeinsam traten wir ein. Ein typischer Hörsaal, wie man ihn

aus Hochschulen kennt empfing uns. Links befanden sich die steil ansteigenden dunklen Holz-Sitzreihen und in der Mitte der freien Fläche davor, ein Schreibtisch mit einem erstaunlich modernen, schwarzen Ledersessel. Anstelle der erwarteten Tafel an der Wand, war dort ein etwa Zwei mal Vier Meter großer LED-Bildschirm.
Das dazu gehörende technische Equipment war im Schreibtisch eingelassen. Dr. Bernstein war noch nicht anwesend.
Wir gingen einige Schritte in Lehrsaal und schauten uns ehrfurchtsvoll um. Es war für alle schon lange her, dass wir solch einen Saal betreten hatten. Manch einer hatte bestimmt plötzlich irgend eine Erinnerung vor seinem geistigen Auge.
Klaus ergriff das Wort: „Ich hatte es immer gehasst, in der ersten Reihe zu sitzen, aber heute geht es wohl nicht anders."
Er steuerte auf die untere Sitzreihe zu und nahm Platz. Wir anderen nahmen seinen Vorstoß an, um es ihm gleich zu tun. Ich schaute auf die kleine Schreibfläche vor mir. „Paggi, I love you your Ben" war dort mit krickeliger Schrift eingeritzt. Ich musste grinsen. War hier der Beginn einer großen glücklichen Liebe verewigt? Wenn ja,

wie lange ging das wohl gut? Oder war es schon nach kurzer Zeit zu Ende? Vielleicht hat hier auch nur ein unglücklicher junger Mann seine traurige einsame Liebe zu einer jungen Frau in einer Holzplatte geritzt. Bevor ich mich weiter in diese Gedanken verlieren konnte, betrat Dr. Bernstein den Saal. Da wir ihn schon alle kennen gelernt hatten, brauchte er sich auch nicht vorzustellen. Ohne ein Wort zu sagen, nahm er in dem Sessel Platz und begrüßte uns.

„Guten Tag meine Damen und Herren, ich möchte sie bei uns herzlich willkommen heißen und ihnen zu ihrer Entscheidung, mit uns den Mars zu erreichen, gratu = lieren."

Dann sprach er über die Zusammensetzung der ersten Marscrew, also uns:

„Sie Sind Acht männliche und Zwei weibliche Aspiranten aus Zehn Nationen. Wir haben uns bewusst für Zehn Nationen entschieden, damit es in Problemsituationen nicht zu nationalen Zusammenschlüssen kommen kann.

Ich lese nun die Namen und ihre Aufgaben bei der Mission vor. Ich bitte sie, sich kurz zu erheben, damit ich sie besser zu ihren Namen zuordnen kann und die anderen sie ebenfalls kennen lernen, sofern das noch nötig ist.

Die Frauen zu erst. Es ist die

zweiunddreißig jährige Astrogeologin Natascha Bolenko aus Russland, sowie die
dreiunddreißig jährige Ärztin Anke Nejes aus den Niederlanden.
Der männliche Teil der Crew setzte sich wie folgt zusammen:
Als Captain des Unternehmens ist der deutsche Klaus Wegener ausgewählt worden. Er hatte ein abgeschlossenes Maschinenbaustudium und ist fünfunddreißig Jahre alt. Er hatte das Studium während seiner Dienstzeit bei dem deutschen Militär in der Luftwaffe absolviert. Anschließend war er als Kampfpilot während einiger Nato-Kampfeinsätze und später als Testpilot des privaten Weltraumunternehmens, mit dem ungewöhnlichen Namen „Spacefly to go" tätig. Dabei konnte er Erfahrungen mit gewöhnlichen, als auch mit weltraumtauglichen Flugkörpern sammeln.
Die Position des zweiten Piloten wird von dem Chilenen Onko Luque besetzt. Er ist Dreiunddreißig Jahre alt. Auch er war als Testpilot und auch als Klimaforscher, bei dem staatlichen Forschungsinstitut für Raumfahrt und Klimaentwicklung in Santiago tätig gewesen. Sein Hauptaufgabenbereich wird aber in der Beurteilung der Klimaverhältnisse in Zusammenarbeit mit dem indischen Meteorologen Ishan

Suomatan liegen."
Auch er war Dreiunddreißig Jahre alt. Dass er und Onko auf einer Wellenlänge lagen hatten sie schnell erkannt.
Ich als Ingenieur für Elektronik, Computer- und Antriebstechnik fand ebenso meinen Platz in seiner Vorstellung wie der Maschinenbau-Ingenieur Kaiuto Awaniko aus Japan, dreißig Jahre alt, Sven Högeström ein weiterer Arzt, ebenfalls dreißig Jahre alt und zu guter Letzt der Allrounder im Team, den Doktor für angewandte Physik und Chemie Claude Pasqude aus Frankreich. Sein Alter war Zweiunddreißig. Den Schluss bildete der achtundzwanzig jährige Astrobiologe Huroka Tscheng aus China.
Dr. Bernstein verstummte als Frau Orelia, den Saal betrat. Sie hatte einen kleinen Stapel Papier auf ihrem linken Unterarm und setzte sich, ihrem Chef zunickend, auf dem ersten Sitz in der vorderen Sitzreihe.
Da wir uns schon persönlich kennen gelernt hatte, war eine Vorstellung ebenfalls nicht mehr nötig, so dass Dr. Bernstein gleich in der Sache weiter machen konnte.
Er erklärte uns, dass wir zunächst noch einige Tage in unserer ersten Unterkunft bleiben müssten und erst später in eine Dauerunterkunft gebracht

würden. Es müssten zunächst einige Fitness-Tests gemacht werden. Das würde etwa eine Woche dauern. Wo und wann sie stattfanden, stand in einer Informationsbroschüre, welche Frau Orelia im Anschluss verteilen würde. Danach käme der Umzug in das eigentliche Ausbildungscamp. Wenn alles klappt, würde zunächst eine zweimonatige allgemeine Grundausbildung stattfinden. Sie würde für alle gleich und mit vielen Fitnesseinheiten gespickt sein. Spätere Trainingseinheiten würden speziell auf die Personen und ihren gestellten Aufgaben bezogen sein. Dafür war eine Zeit von einem Monat eingeplant.
Die letzten Zwei Monate sollen dann für ein Training mit den baugleichen Mars-Wohn- und Arbeitsmodulen, deren Originale schon vorher zum Mars geschickt wurden, genutzt werden. Sie mussten ja auf dem Mars noch zu einem großen kompletten Wohn- und Arbeitsbereich aufgebaut werden. Ebenso sollte ein dort schon befindlicher Kernreaktor aufgebaut und angeschlossen werden. Der Mars-Rover wurde von der Erde mit genommen.
Die Ausbildung werde also mindestens vierzehn Monate dauern.
Auf eine ähnlich lange Dauer hatte man die Aspiranten schon in dem

Informationsmaterial, zur Bewerbung als Astronaut, hingewiesen. Durch technische Verbesserungen hatte sich die Ausbildungszeit gegenüber der in dem Jahr 1016 um über die Hälfte verkürzen können.
Dann sprach er ein für ihn unbequemes Thema an. Zumindest hatten wir den Eindruck, denn seine Stimme wurde ernst:
„Ein immer wieder auftretendes Problem bei solchen Unternehmungen ist Sex.
Es gab sicherlich Gerüchte, dass das Problem der Sexualität nicht existiert. Das stimmt aber nicht. Viele vertreten die Meinung, dass die Zeit auf dem Mars ohne Sex nicht möglich wäre. Deshalb wäre eine fifty-fifty Lösung besser gewesen. Aber wie sollte das denn funktionieren? Dabei würde von ihnen erwartet, dass alle die Bereitschaft haben, auf dem Mars freien Kommunen-Sex zu tolerieren beziehungsweise zu praktizieren. Versuche haben gezeigt, dass dies nicht ohne Spannungen und Zerwürfnissen in der Crew abgehen würde. Deshalb haben wir bei Androhung von empfindlichen Strafen eine persönliche Beziehung während der Vorbereitung, der Flüge und dem Aufenthalt auf dem Mars verboten.
Wer sich diese Art der Enthaltsamkeit nicht zutraut, hat nun die letzte

Möglichkeit straffrei die Crew zu verlassen."
Er legte eine kleine Pause ein und schaute uns erwartungsvoll an.
Als keiner den Saal verlassen wollte, nickte er wohlwollend und bat Frau Orelia die Papiere, die sie mitgebracht hatte, zu verteilen. Sie verteilte die Infos. Es waren für jeden von uns Zwei dünne Ordner mit je etwa Einhundert Seiten. Also eine Menge Material.
Dr. Bernsein schien es eilig zu haben, denn er nutzte die Zeit um sich zu verabschieden: „Mir bleibt nun nur noch ihnen alles Gute zu wünschen und auf ein erfolgreiches Gelingen ihrer Mission zu hoffen. Vielen Dank." Wir klopften dankend auf die Schreibflächen und der Doktor hob beim Verlassen des Saales noch grüßend die rechte Hand.
Danach wartete Frau Orelia noch mit einer Überraschung auf. Lächelnd verkündete sie uns: „Da während der Ausbildung keinen Kontakt zum Rest der Welt bestehen wird, außer über Funkverbindungen, können sie vor der eigentlichen Ausbildung noch vier Wochen Urlaub machen. Und zwar ab sofort. In Vier Wochen beginnt ihre Ausbildung dann zunächst wie schon gesagt mit den Fitnesstests. Ihre Unterkünfte bleiben ihnen erhalten, aber bitte lassen sie keine Wertsachen

in ihren Zimmern. Ein Wertsachendepot befindet sich im Untergeschoss in diesem Haus.
Für den Einen oder Anderen gibt es wahrscheinlich auch noch private Dinge zu erledigen.
Ich wünsche ihnen schöne Urlaubstage."

In meinem Zimmer hatte ich nichts Eiligeres zu tun, als meine bella Bella anzurufen. Sie befand sich noch in New Las Cruse. Als Physikerin fand sie aber bei der Spaceward Foundation/Elevator keine weitere Anstellung mehr, nachdem die Entwicklung des Orbit-Liftings zunächst abgeschlossen war. Um mir nah sein zu können, hatte sie sich um eine Aufgabe bei der United World Space, in Florida beworben.
Da in Amerika, wie auf vielen anderen Erdteilen, die Zeitzonen nicht parallel zu den Längengraden verlaufen, war es in New Mexico kurz nach der Mittagszeit. Durch die Zeitverschiebung war das also kein Problem. Ich schnappte mir mein I-Phone und drückte ihre gespeicherte Nummer.
„Hallo mein Schatz!", begrüßte ich meine Bella auf dem Display.
„Hi, Eddy! Schön, dass du anrufst.", wurde ich begrüßt. Dabei blinzelte sie mir zu. Ich brauchte mir keine Mühe zu geben, sie sichtlich erfreut

anzulächeln, zumal Ich ihr sofort von der Urlaubsgenehmigung erzählten musste. Was ich so alles an den beiden Tagen erlebt hatte und wie es mit meiner Ausbildung weitergehen würde, konnte ich ihr auch noch später sagen. Danach konnte auch Bella mit einer Neuigkeit aufwarten: „Ich habe heute eine Antwort auf meine Bewerbung bei United World Space bei euch in Florida bekommen."
Erwartungsvoll aber mit leichter Skepsis in meinem Blick schaute ich sie auf dem I-Phone an.
Dann platzte es aus ihr heraus: „Ich bin angenommen worden und kann in der nächsten Woche schon dort anfangen! Ist das nicht wunderbar?"
Natürlich war das nicht nur wunderbar, sondern herrlich!
„Wann kommst du ins wunderschöne Florida?", wollte ich ungeduldig wissen.
Sie wollte sich noch am selben Nachmittag nach einem Flug erkundigen. Was wir uns dann noch zu sagen hatten, war für die Leser nicht bestimmt. Es tut mir leid, aber es war höchst privat und leidenschaftlich.

Mittlerweile zeigte der Kalender den 31. März. Bella und ich hatten drei wundervolle Wochen erlebt. Wenngleich

sie ihre neue Arbeitsstelle angetreten hatte, fanden wir noch genügend Zeit, um das Miteinander genießen zu können. Nun lag ich ein letztes Mal für lange Zeit neben ihr im Bett und versuchte einzuschlafen. Schäfchen zählen ließ mich nicht müde werden. Gedanken an meine Liebe zu meiner Bella - schon gar nicht.
Durch entspannende Atemübungen und einer Konzentration auf den eigenen Körper war es mir dann doch möglich einzuschlafen.
Leidlich durch den Schlaf erholt traf ich mit den anderen Neun Asronauten-Azubis am 1.April vor dem Verwaltungsgebäude des Institute for Advanced Concepts. Ein Kleinbus brachte uns in das Trainingslager.
Die Stimmung im Bus war bei allen freudig erwartungsvoll, aber auch angespannt.
In früheren Versuchen hatte man feststellen können, welche Kleidung und Ausrüstungsgegenstände für die Marsastronauten zweckmäßig waren. Dass es nicht wenige Teile waren, mussten wir an diesem Vormittag feststellen. Es erfolgte eine Einkleidung die mich stark an meine Militärzeit erinnerte. Die Anprobe der Schutzanzüge sollte später geschehen. Am Ende hatte jeder einen prall gefüllten, beinahe einen

Meter hohen Seesack zu transportieren. Den Frauen standen je eine Sackkarre zur Verfügung, doch wir Männer wollten uns die Blöße nicht geben. Wir schulterten in alter Seemannmanier die Säcke und verluden sie in den Bus.

Vor den Fitnestests hatte niemand von uns Sorgen, denn sie waren nicht mehr für eine Nominierung ausschlaggebend, sondern sollten unseren augenblicklichen Status festhalten. Dennoch, Fünf Monate voller Strapazen und Entbehrungen lagen nun vor uns, trotzdem waren alle ausgesprochen enthusiastisch. Es musste sich nur noch herausstellen ob wir für ein so langes gemeinsames Zusammenleben auf dem Mars geeignet waren. Dafür wurden sehr hohe Erwartungen an unsere Anpassungsfähigkeit und Toleranz im Umgang miteinander gestellt.
Dass das Trainingscamp auf Hawaii lag, war nur allzu logisch. Dort hatten schon alle früheren Vorversuche der NASA stattgefunden.
Für uns Astronautenanwärter wurden alle alten Versuchs-Behausungen von früher, gegen die Duplikate der auf dem Mars befindlichen Bauteile getauscht und auf eine Fläche die etwa so groß wie ein Fußballfeld verteilt.
Am 5.August 2029 war es dann soweit.

Wir hatten alle unsere Grundausbildungszeit gesund und nun mit noch mehr Wissensdurst auf die neuen Aufgaben geschafft.
Man als Zeitpunkt für Start nach Hawaii den 30.August geplant.
Dadurch konnte uns noch ein letztes Mal für lange Zeit ein dreiwöchentlicher Urlaub gegönnt werden.

Bella hatte sich inzwischen gut in ihrer neuen Tätigkeit eingearbeitet und fühlte sich in Florida auch schon fast so wohl, wie zu Hause bei ihren Eltern. Sie freute sich darüber, dass ich nun noch Drei Wochen für sie da war. Leider war es ihr immer noch nicht möglich gewesen, nach einer so kurzen Zeit bei ihrem neuen Arbeitgeber, ebenfalls schon Urlaub zu bekommen. Bei allem Verständnis für sie, die Freundin eines der ersten Menschen, der seinen Fuß auf den Mars setzen würde. Doch das Forschungsprogramm, an dem sie arbeitete, konnte nicht unterbrochen werden.
Aber die verbleibende Zeit genossen wir immer gemeinsam.
Viel zu schnell kam der Tag des Abschieds.

Am 29.August trafen wir, die Mars-Crew, uns wieder morgens um 8.00 Uhr zum

Dienstbeginn um die letzten Reiseinformationen zu erhalten.
Am 31. August kamen wir in den Morgenstunden auf Hawaii an.
Nach dem beziehen der Unterkünfte fand eine Besichtigung der einzelnen Stationen unserer weiteren Ausbildung statt.
Dabei sahen wir zum ersten Mal den Flugsimulator. In ihm befand sich eine getreue Nachbildung des Cockpits und der für den Flug notwendigen Geräten im Raumgleiter. Das Original sollte uns später von der Raumstationen zum Mars befördern.
Da wir für die Simulationen schon unsere Schutzanzüge anziehen mussten, war für den Nachmittag die Anprobe geplant.
Am 1. September wurde dann mit der weiterführenden Ausbildung begonnen, die ihr Ende am 31. Mai 2030 hatte.
Alles war gut gelaufen. Sämtliche Ausbildungsziele wurden erreicht. Nun konnte der Ernstfall, der am 2. Juni sein sollte, in Angriff genommen werden.
Zunächst ging es mit dem Lift, an dessen Entwicklung beteiligt war, zur Raumstation ISS 2. Dort wurden uns zwei Tage zur Akklimatisierung an die Schwerelosigkeit gegeben, um dann am 5. Juni auf die lange Reise zum Mars

geschickt zu werden.
Dabei konnten wir schon unseren Raumgleiter „Building Dog" begutachten. Warum er so getauft wurde, konnte mir bis Heute niemand erklären.
Er war größer als wir ihn uns aus dem Übungsprogramm vorgestellt hatten. Aber es lag sicherlich daran, dass wir nur einzelne Segmente bei den Unterwasserübungen oder im Flugsimulator kennen gelernt hatten.
Es war ein umgebauter Discoverie Raumtransporter. Neben dem Cockpitbereich gab es noch Vier weitere Bereiche. Einen Wohnbereich, ein Arbeitsbereich mit einer Rettungswagen-Ausrüstung sowie einigen Fitnessgeräten, dem Laderaum und am Ende den Antrieb.

Wenn man bedenkt, welche kurze der Flugzeit nur noch eingeplant war, gegenüber den Acht Monaten noch im Jahr 2016, war dieser Trip ein „Spaziergang". Bedenkt man, dass wir mit einer Geschwindigkeit von rund 145.000 km/h unterwegs sein würden, war die kurze Reisedauer auch kein Wunder.
Nach Einunddreißig Tagen sollte unserer „Building Dog" auf dem Schwesterplanet senkrecht landen.
Pläne, nach denen einige Astronauten zum Test erst auf Asteroiden landen

sollten, wurden früh genug wieder verworfen.

Die Reise zum Mars beginnt

Der 05. Juni, ein Mittwoch, versprach in New Mexico schon um 07.00 Ortszeit ein sonniger Tag zu werden.

Pünktlich starteten wir mit dem ersten bemannten Flug zum Mars!

Wie erwartet war das Ablösen von der Raumstation mit dem herkömmlichen Triebwerk nicht zu spüren. Dieses geschah um zunächst einen Abstand von der ISS-1 zu bekommen. Nun konnte der Laserstrahl auf unseren Raumgleiter zur Energiezufuhr gerichtet werden. Das war notwendig um ein Magnetfeld für den Antrieb errichten zu können. Erst danach durfte Klaus Wegener das Magnetfeld für den Plasma-Antrieb, dem Variable specivicimpuls magnetoplasma rocket (VASIMIR), einschalten. Damit konnte das Verhältnis zwischen Schub und Impuls variiert werden. Langsam schaltete er das Triebwerk in den Schubmodus. Nach einer Minute, wechselte er in den Impulsmodus. Den Abstand zur ISS konnte ich nur

schätzen, aber ich muss sagen: Die Raumstation war nur noch sehr klein vor einem Teil unserer Erde zu sehen.
Als ich links aus dem Fenster schaute, konnte ich keinen Hinweis sehen, woraus man erkennen konnte, wie schnell wir waren. Bald hatten wir einen ersten Blick auf die gesamte Erde. Ich hatte schon viele Hundert Bilder und etliche Filme mit der Erde gesehen, aber die Erde live aus dem All zu sehen, ist ein solch herrlicher Genuss. Der nur mit ganz, ganz wenigem auf diesem wunderschönen blauen Planet zu vergleichen.
Das wunderschöne, mit Sternen gefülltes Weltall zu durchfliegen, wenn auch nur einen winzigen Bruchteil war, ist beinahe ebenso ein Genuss wie dieser Blick auf die Erde. Der Mond befand sich bei unserem Start leider auf der anderen Seite der Erde. Gerne hätte ich ihn aus der Nähe gesehen. Aber die Milliarden Sterne entschädigten mich. Diese würde nun für die nächsten Einundvierzig „Tage" unsere Begleitung sein. Wie erwartet bekamen wir dann die Erlaubnis unsere Raumanzüge verlassen zu können. Die gefährliche Startphase lag nun lange genug hinter uns. Wir erledigten natürlich in den nächsten Tagen und Wochen die erforderlichen körperlichen Aufgaben, wie

Muskeltraining, medizinische Überwachung und die Aufrechterhaltung der Feinmotorik der Finger und Füße. Ebenfalls musste der Kernreaktor für den sofortigen Einsatz, nach unserer Landung auf dem Mars, vorbereitet werden. Mit ihm konnte der notwendige Laserstrahl für den Start unseres Rückfluges zur Erde, oder eines Notstartes aufgebaut und eingerichtet werden. Der Kernreaktor war eine Entwicklung mit dem die russische Raumfahrtbehörde schon positive Erfahrungen sammeln konnte. Für unseren Aufenthalt auf dem Mars war der Reaktor noch ausreichend, wogegen für den Aufbau einer Kolonie eine höhere Energieausbeute benötigt wurden. Der Radioisotopengenerator (RTG) konnte sich auf Grund des geringen Wirkungsgrades und der sehr hohen Kosten nicht durch setzen.

Am 3.Juli, ebenfalls ein Mittwoch, um 3.oo Uhr MEZ erreichte uns von der Erde das Signal, unsere speziell für den Mars neu entwickelte Schutzanzüge wieder anzuziehen. Wir hatten kurz vorher die kleinen Marsmonde Phobos und Deimos erkennen können, deren Umlaufbahnen wir kreuzten. Ihre Namen stammen aus der griechischen Sprache und bedeuten Furcht und Schrecken. Der

sich diese Namen ausgedacht hatte, war bestimmt ein humorvoller Mensch, wenn man bedenkt welche Größe sie besitzen. Der größere der Beiden hat einen maximalen Durchmesser von etwa 26,8 km und der kleiner Deimos von 15 km. Sie wurden von den Kosmologen für Asteroiden gehalten, die der Mars irgendwann einmal eingefangen hat.
Wir bereiteten uns auf die notwendige Abbremsung für den Marsanflug vor. Dieses geschah dann automatisch. Vor der Landung machten wir noch eine Marsumrundung. Wir umrundeten den Mars vom Westen nach Osten. Fast parallel zum Äquator, dabei konnten wir uns ein Bild von den enormen Ausmaßen des größten bekannten Berges im Sonnensystem machen. Der Olympus Mons, der Vierundzwanzig Kilometer hohe kegelförmige Berg mit einer Ausdehnung am Boden von rund Fünfhundert Kilometern war einfach nicht zu übersehen.
Eben sowenig konnten wir das deutlich erkennbare System der Mariner-Täler, auch genannt Vailes Marinaeris, erkennen.
Das größte bekannte Grabensystem des Sonnensystems. Natürlich erkannten wir das berühmte „Marsgesicht".
Wissenschaftler hatten mit Hilfe der Sonde „Mars-Express" festgestellt, dass

es sich aber nicht um ein von Lebewesen geschaffenes Objekt handelte, sondern um eine durch Erosion entstandene Felsformation.
Als die programmierten Koordinaten für unsere Landung erreicht waren, setzte das Landemanöver wieder einmal automatisch ein. Dabei wurde „Building Dog“ in die Waagerechte brachte, um die senkrechte Landung vornehmen zu können.
Auf der südlichen Halbkugel befinden sich die älteren geologischen Formationen und dort sind die meisten Krater zu verzeichnen. Zudem ist die nördliche Halbkugel im Mittel Sechs Kilometer tiefer.
Diese Fakten interessierte um Sieben Uhr MEZ keinen mehr von uns. Die Landung stand kurz bevor.

Sicherheitshalber machte sich Wegener bereit, um die Landung von Hand vorzunehmen, falls das geplante Gelände zu ungeeignet erschien. Doch sein eingreifen erwies sich als nicht erforderlich. Die Leute der Planung hatten tolle Arbeit geleistet. Der „Building Dog“ landete vollautomatisch wie die militärischen Senkrechtstarter aus früheren Jahren an den vorausberechneten Koordinaten. Unser Landepunkt war eine Senke Zirka Vier Kilometer südöstlich des Ausläufers von

Olympus Mons und nördlich dem Vailes Marinaeris. Es war von einigen Bergen umgeben und versprach etwas Schutz vor den gefürchteten Sandstürmen. Die Landetechnik war zwar eine alte, aber immer noch gut zu gebrauchen. Unser geplantes Camps sollte nördlich unseres Landeplatzes aufgebaut werden.

1. Tag auf dem Mars

Wie geplant, war es bei unserer Landung Null Uhr Marszeit. Ein neuer Marstag begann.

Ein Jahr hat übrigens 668 Marstage, aber 687 Erdentage. Das

liegt daran, dass ein Tag auf dem Mars ungefähr 24 Stunden und 40 Minuten dauert. Weil der Mars eine andere Ellipse um die Sonne nimmt und dadurch mit unterschiedlichen Geschwindigkeiten unterwegs ist, dauerte das Jahr dort auch etwa doppelt so lange, wie auf der Erde. Aber nicht nur das Jahr, sondern auch die Jahreszeiten sind auf dem Mars anders gegliedert.

Wir mussten uns auch daran gewöhnen, dass auf dem Mars die 24. Stunde noch weitere 40 Minuten hatte.

Es wurde im Trainingscamp lange versucht unseren Kopf von dem Vierundzwanzig Stunden Rhythmus zu befreien, jedoch ohne durchschlagenden Erfolg. Selbstverständlichkeit

versuchten wir weiterhin diesen Unterschied in unsere Köpfen zu bekommen.
Doch in dem Moment war uns dieses Thema so etwas von egal!
Wir waren auf dem Mars gelandet!
Es hatte tatsächlich geklappt!
Der Captain Klaus Wegener setzte die Erdstation von unserer Landung mit den Worten: „Eine kurze Reise ist zu Ende. Alles ok," in Kenntnis. Danach klatschen wir uns mit strahlenden Augen ab und gratulierten uns wie eine Seilschaft, die den Gipfel des Mont Everest im Joggingtempo erreicht hatte. Wir nutzten die Stunde bis zu der Erlaubnis unseren „Dog" verlassen zu dürfen, mit einer Erkundung unseres Landeplatzes durch die Fenster. Es sah tatsächlich nicht viel anders aus, als unser Übungsgelände auf Hawaii. Ich war aber dennoch etwas enttäuscht, dass es so wenig dramatisch war. Andererseits wurde uns das Areal ja oft genug vorher auf Fotos und in Filmen gezeigt.
In einigen Hundert Metern Entfernung konnten wir die vor uns zum Mars geschickten Gebäudekomponenten sehen. Unsere erste Arbeit würde sein, sie zusammen zufügen, um so eine Basisstation für unseren weiteren Aufenthalt zu schaffen.
Der mitgebrachte Marsrover sollte uns

bei dem zusammen bringen der Gebäudemodule als Zugmaschine fungieren.
Nachdem die Jungs in der Erdstation alle unsere Werte überprüft hatten, kam endlich nach eineinhalb Stunden der Satz: „You can go!"
Der Chilene Onko Luque, der ja als Co-Pilot agierte klappte die Treppe an dem Schleusenausstieg aus, und wir ließen unserem Capiain Klaus respektvoll das Recht der erste Mensch zu sein der den Marsboden betritt. Danach gingen Einer nach dem Anderen durch den Ausstieg. Zu dokomentations Zwecken nannte jeder beim Verlassen des „Dogs" seinen Namen und winkte dabei in eine der Außenbordkameras. Die neuen Helme mit der nach vorne tiefen Scheibe ermöglichte uns ein normales heruntergehen der Treppe. Wir mussten nicht wie die Mondastronauten rückwärts eine Leiter hinunter hoppeln. Dabei machten wir unsere erste Erfahrung mit der geringen Schwerkraft. Es war nicht so schön wie im All, aber immer noch einfacher als auf der „Mutter" Erde. Anschließend stellten wir uns zum Gruppenbild auf, machten die Laola-Welle und liefen auf das Kommando von Klaus Wegener alle einige Meter in verschiedene Richtungen. Wir waren albern wie Kinder. Total aus „dem

Häuschen". Aber es war auch zu schön, es geschafft zu haben.
Wir waren auf dem Mars!!!!

Nach etwa einer halben Stunde hatten wir uns endlich wieder beruhigt und wir konnte unsere Arbeit aufnehmen. Während die beiden Piloten unser „Hündchen" überprüften, bildeten wir zwei Vierergruppen. Die eine beförderte den Marsrover, der insgesamt Zehn Personen in der Kabine Sitzgelegenheiten bot, mittels des rechten Kranarmes auf den Marsboden.
Wir anderen Vier luden den Kernreaktor aus und platzierten ihn Abholbereit auf dem vorher entladenen Roveranhänger.
Der Rover war somit schon startbereit um mit Onko Luque am Steuer, Ishan Suomatan, mir und Anke Nejes als Ärztin zu den Marsmodulen zu fahren. Das tolle daran war, dass wir die Fahrt ohne unsere Raumanzüge machen konnten, denn wir konnten diese vor einer Schleuse ausziehen. Dieses geschah indem wir uns rückwärts an die Schleuse ankoppeln und nach dem öffnen der Rückenfront, rückwärts in die hermetisch abgeschlossene Schleuse treten.
Im Innenraum herrschte dank der neuesten Technik ein angenehmes Klima.
Als wir alle unsere Plätze eingenommen hatten, ging es los.

Die erste Fahrt war natürlich ein Abenteuer. Die Bedienung des Rovers hatten die beiden Piloten währen ihrer Spezialausbildung im Simulator schon kennen gelernt, aber für Onko war dieses Erlebnis tausendmal besser als auf der Erde.
Es galt Sechs Marsmodule zu einem Gebäude zusammen zu fügen.
Sie waren alle nach und nach von der Erde zum Mars befördert worden und punktgenau auf einer Fläche von Hundert mal Hundert Metern gelandet. Sie hatten eine Buchstaben-Beschriftung von A bis G. Das bedeutete für uns, dass im Modul A der Eingangsbereich war und die anderen in alphabetischer Reihenfolge angebaut werden mussten.
Darüber hinaus standen noch einige Container mit Versorgungs-Equipment in der Gegend herum. In diesen Containern waren Dinge wie Wasser, das mittlerweile zu Eis gefroren war, Sauerstoffgeräte und zusätzliche Flaschen mit Atemluft, so wie große Akkus für eine Notstromversorgung und natürlich jede Menge Lebensmittel.
Schnell war das Gelände für den Campaufbau erreicht. Ishan Suomatan und ich stiegen in unsere Raumanzüge und begaben uns zum Objekt A.
Durch eine manuell bedienbare Hydraulik konnten die seitlich angebrachten Räder

auf den Boden gepumpt werden. Durch weiteres pumpen hob sich das Modul bis zu einer Maximalhöhe von Achtzig Zentimetern. Da der Marsboden aber in unserem Bereich ausgesprochen eben war, pumpten wir das A-Modul auf eine Höhe von Dreißig Zentimetern. Eine Anhängerkupplung ermöglichte eine Verbindung zu dem Rover, den Onko dicht heran gefahren hatte.
Langsam lenkt Onko den Rover die wenigen notwendigen Meter zu dem genau vorher berechneten Platz. Eine Bergkette in einigen Hundert Metern Entfernung diente zur ungefähren Ausrichtung als Bezugspunkt.
Nachdem dem die andere „Marstruppe" den Reaktor auf dem fahrbaren Untergestell anschlussbereit gemacht hatte, konnte es an den Rover angekoppelt werden konnte. Später sollten noch Sonnenkollektoren als zweite Energiequelle zusätzlich und unabhängig vom Reaktor elektrische Energie liefern. Danach machten sie sich zu Fuß auf dem Weg zum Modul B.
Wir hatten schnell unser Modul platziert und folgten ihnen zum B-Modul. Dabei setzten Ishan und ich uns außen auf eine Ecke des Rovers und erreichten die Kollegen, als diese das Modul schon auf die erforderliche Höhe gebracht hatten. Sie machten sich

gerade auf den Weg zum nächsten Modul. Ishan und ich hängten B an den Rover und fuhren wieder auf der Ecke sitzend zu A. Dicht dahinter koppelten wir ab und das alles wiederholte sich bis alle von A bis G an ihren Plätzen waren. Mittlerweile war Nachmittag geworden, und wir hatten Hunger bekommen.
Weil die anderen Vier noch nicht in dem Genuss einer Roverfahrt gekommen waren, liefen Ishan und ich zu unserem „Dog" zurück. Anke durfte natürlich mit den Anderen fahren. An der Roverschleuse entledigten sie sich der Raumanzüge und nahmen ihre Plätze ein. Onko wollte seinen Fahrgästen ebenfalls ein erstes Vergnügen der Fahrt bereiten und fuhr in einem großen Bogen zu unserem „Building Dog".
Dort angekommen, schlüpften sie wieder in ihre Weltraumkleidung. Sie warteten noch auf Ishan und mich und gingen mit uns eine weitere, zweite Treppe zum Transportraum des „Dogs" hoch. In der dort angebrachten Schleuse befreiten wir uns von unseren Anzüge. Natascha Bolenko und Klaus Wegener, die unser Treiben über eine Kamera auf einem Display beobachten hatten, begrüßten uns mit lächelnden Gesichtern.
Nach unserer Einnahme der Tubennahrung im Raumgleiter wollten wir alle noch an diesem Marstag mit dem Zusammenbau der

Module beginnen.
Zuerst wurde Segment A mit B mittels interessanter, neu entwickelten Verbindungsklammern zusammen gefügt werden. Für die Handhabung der Klammern benötigten wir keinerlei Werkzeug. Unebenheiten im Niveau wurden mit der hydraulischen Radeinstellung ausgeglichen. Wir konnten zwar in unseren Raumanzügen durch eine Funkverbindung mit einander kommunizieren, aber es fand keine Unterhaltung statt. Wir hörten auf die Anweisungen von Awaniko, der als Maschinenbauer die Leitung für den Zusammenbau übertragen bekommen hatte. Keiner wollte einen Fehler machen und jeder war konzentriert bei den ihm zugewiesenen Tätigkeiten. Nach Vier Stunden war das letzte Segment angeschlossen und Onko konnte mit dem Rover den anschlussfertigen Reaktor holen.
Nach einer halben Stunde lieferte der Reaktor der zusammengebauten Marsstation die notwendige Energie um die Station für uns begehbar zu machen. Im Modul F befand sich eine Schleuse in der wir uns der Raumanzüge entledigen konnten. Da die Sauerstoffversorgung in den Räumen noch nicht gewährleistet war, mussten wir uns zunächst, ein Sauerstoffgerät umhängen. Erst dann

durften wir die Räume betreten und uns ein Bild von dem Innenleben der zukünftigen Behausung machen. Zunächst erzeugte Awaniko einen Unterdruck um danach die Atemluftventile zu öffnen. Nach Zwei Minuten waren alle Räume für den menschlichen Aufenthalt ohne Atemschutz geeignet. Sicherheitshalber legten wir aber die Sauerstoffgeräte nicht ab, als wir die weiteren Räume betraten. Das Modul A hatte eine Länge von Fünfzehn Metern und eine Breite von Sechs Metern. Die Anderen waren deutlich kleiner. Sieben mal Sechs Meter war die Grundfläche. Die Höhe variierte je nach Anforderung des Moduls von Zwei bis Sechs Meter.
Im Modul A war der Lebensbereich mit kleinen Einzelzimmern und separatem Sanitärraum. Es fehlte an nichts. Selbst ein kleiner DVD-Player um Filme aus einer Mediathek ansehen zu können war vorhanden. Der Aufenthaltsraum war sowohl von unseren Zimmern, als auch vom Modul B zugänglich. Modul B hatte eine Verbindung mit Modul G und C und war als Fitnessoase eingerichtet. Sie konnte es mit jedem Studio der Welt aufnehmen. Das Modul D beherbergte je ein Labor für geologische, biologische und meteorologische Untersuchungen. Das Modul E, mit einer Höhe von Sechs Metern war mit einer weiteren Etage

ausgestattet. Unten befand sich der Werkstattraum für elektrotechnische Tätigkeiten und über eine bewegliche Treppe gelangte man nach oben in den Bereich für alle nur erdenklichen Metall- und Kunststoffverarbeitungen. Mit einer Höhe von Vier Metern war das Modul F, ebenfalls mit einer weiteren Etage ausgestattet, als Lager erkennbar. Alles was eventuell von uns benötigt werden könnte, war vorhanden. Zwei große Schiebetüren dichteten die Schleuse ab. Durch diese eine Material Ent- und Beladung stattfinden konnte. Ebenso befand sich dort die Andockschleuse für den Rover. Von Nahrungsmitteln über Material und Kleinmaschinen für die Werkstätten und Labore bis hin zum notwendigem Equipment für Außenarbeiten, war alles vorhanden.
Im Container C befand sich das Lager für Nahrungsmittel und Haushaltsartikeln.
Wie sich später herausstellte waren es im Einzelnen:
Ein Not-OP, 12 000 L Wasser, PC-Arbeitsplätze, 20kg Kaffee, je eine Tonne Nudeln und Kartoffeln. 500 Hähnchen, 100 Gläser Marmelade, 200 kg Wurst und Wurstkonserven, 500 kg Obst, 2800 L Säfte, 500 Eier, 4000 Tubennahrung, 500kg Gemüsekonserven,

1000 Einwegrasierer und 40 Tuben Zahnpasta. Natürlich war ein Sortiment von etwa 1000 Videos vorhanden. Über Dinge wie Seife, Waschmittel, und viele andere Sachen des täglichen Lebens brauchen wir nicht reden. Es war einfach alles vorhanden! Ich fragte mich wie lange die Planung nur für das private Leben auf dem Mars gedauert haben mag.
Selbst das geplante Treibhaus mit einem Zugangstunnel verpackt in einer großen Kiste war dort untergebracht. Außerhalb der Marsstation sollte versucht werden, in diesem Treibhaus Pflanzen anzubauen und zu überwachen, gegebenenfalls sollten sie später in den Marsboden eingesetzt werden. Das Treibhaus bestand aus einer doppelwandigen durchsichtigen Kunststofffolie. Gebogene Fieberglasstäbe sorgten für die Stabilität einer Halbrohr-Halle. Stützelemente im inneren garantierten Schutz gegen Sandablagerungen nach einem der gefürchteten Marsstürmen. Die Räume zwischen den Fieberglasstäben mussten mit Wasser ausgefüllt werden. Dies diente als Schutz vor der schädlicher Sonneneinstrahlung. Gesichert war eine hermetische Abgeschlossenheit vom Marsklima und die Bodenhaftung bei den Stürmen die mit teilweise über Fünfhundert

Stundenkilometern über dem Boden wüteten.
Die Module A bis G waren mit großzügigen Kunststofffenstern ausgestattet. Sie waren, wie auch die Module selbst ebenfalls doppelwandig und mit Wasser gefüllt. Natürlich waren alle Räume großzügig mit Kameras, Mikrofonen und einer offenen Raum-Funk-Verbindung ausgestattet. Mit Ausnahme des Sanitärbereiches. Dort bestand nur eine Funkverbindung. Das letzte Modul G gehörte den Medizinern. Es hat ebenfalls eine 1. Etage, die als Lagerraum für die Medizin genutzt wurde. Eine komplette OP-Einrichtung, Röntgen- und MRT-Gerät gehörten ebenso wie ein einfacher Untersuchungsraum mit allen erforderlichen Dingen, die ein Mediziner je benötigen könnte, ausgestattet.
Die Module bestanden aus doppelwandigem mit Glasfasern verstärktem Kunstharz. Alles das wurde von uns mit größtem Erstaunen zur Kenntnis genommen. Man hatte uns ja auf der Erde auf vieles vorbereitet, aber was und wie wir es hier vorfanden, war überwältigend.
Wir setzten uns erst einmal in die „Sesselecke“ und atmeten tief durch. Es war verdammt viel Neues was wir an diesem Tag zu verarbeiten hatten. Am Marshorizont kündigte sich unsere erste

Nacht auf einem fremden Planet an. Die Zeit war wie im Fluge vergangen.

Ich überprüfte die Funkanlage und unser Capiain Klaus meldete danach den Vollzug der Modulmontage. Dabei fragte er, ob wir in die Station einziehen konnten. Pünktlich nach zwanzig Minuten kam die Antwort: „Gratulation zu eurem neuen Haus! Natürlich könnt ihr sofort einziehen. Schlaft gut, in Zwölf Stunden hören wir uns wieder. Byby."
An uns gerichtet meinte Klaus: „Leute, ab sofort ist Feierabend. Dann lasst uns doch ´mal schauen was uns die Küche zu bieten hat."
Gegen ein erstes Abendessen auf dem Mars hatte niemand etwas einzuwenden. Bald nach dem gemeinsamen Abendessen waren wir uns einig, dass es an der Zeit war unseren wohlverdienten Schlaf zu bekommen.
Also machten wir uns schlaffertig und legten uns auf unsere ausgeklappten aber gut gepolsterten Liegen. Unsere Zimmer hatten je Zehn Quadratmetern. Ein ausreichender Klapptisch für Drei Personen war an der Wand gegenüber der Liege angebracht. Zwei Stühle, ebenfalls klappbar, hingen in einer Halterung über dem Tisch an der Wand. In die schmale Seitenwand des Zimmers waren von oben bis unten Regale bei der

Herstellung eingearbeitet worden. Unser Bettzeug entsprach dem des Militärs. Ich hoffte nur, dass die Heizanlage nie defekt werden würde. Bella hatte mir noch am letzten Tag unseres Zusammensein ein gerahmtes Foto von sich gegeben. Damit ich sie nicht vergessen würde, hatte sie noch lächelnd gemeint. Es war das Erste, was ich in das Regal stellte.
Alle weiteren privaten Dinge waren schnell platziert. Einen kleinen Reisewecker hatte ich mir in eine kleine Ablage neben der Liege gestellt. Einen Wecker benötigten wir eigentlich nicht, denn uns würde die Bodenstation über die Lautsprecher früh genug, um sieben Uhr Marszeit, wecken. Doch ich war der Meinung, dass in einen Raum eine Uhr gehört. Wenn ich aus der Dusche kam hatte ich keine Uhr am Handgelenk und wollte oft mit einem Blick erkennen, wie spät es war.
Bevor ich einschlief, waren meine Gedanken bei meiner Bella. Wie es ihr wohl erging? Was sie gerade machte? Wir hatten seit dem Tag unseres Abfluges keinen Kontakt mehr gehabt. Das war vor etwa Viereinhalb Wochen. In der Zeit zwischen dem Trainingsbeginn und dem Start zur ISS-2 konnten wir wenigsten telefonieren. Uns wurde zwar versprochen, dass wir unseren Lieben

Grüße vom Mars zukommen lassen konnten, aber auf Grund der langen Signaldauer war eine echte Kommunikation ja nicht möglich. Ich musste in dem Zusammenhang daran denken, dass ich sie erst wieder in mehr als Dreizehn Monaten in meinen Armen halten würde. Eine schrecklich lange Zeit!
Damit ich endlich schlafen konnte, schob ich dieses Thema zur Seite und machte einige Entspannungsübungen, über die ich dann auch bald einschlief.

2. Marstag
Ich wachte vor der Weckzeit auf und musste mich erst einmal „finden". Es dauerte einige Minuten, bis ich wusste warum ich auf dieser Liege die Nacht verbracht hatte. Immer noch schlaftrunken verließ ich mein kleines Separee und machte im Sanitärraum meine Morgentoilette. Als ich unseren Aufenthaltsraum betrat stellte ich fest, dass ich nicht der Erste war.
Die Geologin Natascha Bolenko und der Biologe Huroka Tscheng waren vor mir aufgestanden und hatten schon den Tisch für uns alle gedeckt. Mit Kaffee und Sandwiches bereiteten wir uns auf den kommenden Tag vor. Nach und nach kamen die anderen Sieben Crewmitglieder in den Raum und waren höchst erfreut darüber, dass der Tisch schon gedeckt

war.

An dieser Stelle möchte ich einen der zahlreichen Tagesspeisepläne vorstellen.
Frühstück:
Eier, Wurst-, Käsesandwiches , Erdbeeren, Marmeladenbrote und O-Saft.
Mittagessen:
Fleisch mit Soße, Kartoffelpüree, Bohnen und Fruchtsaft nach Wahl.
Abendessen:
Huhn, Spargel, Pfirsiche,Toastbrot, Kakao oder Tee.
Also, man konnte unschwer erkennen: Tubenkost war out!

Während des Frühstücks erreichte uns eine Lautsprecheransage: „ Good mornig Leute, wie wir sehen wird das Wecksignal nicht mehr benötigt. Damit ihr wenigstens, wisst wie es sich anhört, werden wir es euch nach diesem Morgengruß vorstellen. Über den Tagesablauf hat ja jeder von Euch seine Vorgaben mitbekommen. Wenn noch Fragen sind: Immer raus damit. Dann ist es für uns nicht so langweilig euch acht Stunden zuzusehen." Dann ließ uns ein schriller Ton, der uns bis ins Mark traf, zusammen zucken. Sicherlich wurden wir dabei beobachtet, und die Leute in der Erdstation lachten sich

halbtot. Wir rückten schnell zusammen und lächelten winkend mit dem besten „chees“ in eine der Kameras und frühstückten in Ruhe weiter. Wer von uns aber den Mittelfinger hoch hielt, wird hier nicht verraten.
Unsere Tagesabläufe waren nicht an feste Uhrzeiten gebunden. Außer, es waren Tätigkeiten, die abhängig von der Marsposition zur Sonne oder zur Erde waren. Oder wenn sich das Wetter so negativ verändern würde, dass Außenarbeiten vorgezogen werden mussten. Ansonsten war es in Ordnung, wenn die Arbeitsvorgaben abends erfüllt waren. Da auf dem Mars die Schwerkraft nur ein Prozent der Erde besaß, mussten wir ebenso wie auf der ISS-2 und dem Flug zum Mars durch Krafttraining dem auch dort stattfindenden Muskelschwund vorbeugen.
Ich hatte mir vorgenommen, täglich nach dem Frühstück meine Übungen zu machen. Also wollte ich am ersten Tag mein Vorhaben einhalten und zog mich um. Die beiden Piloten Klaus und Onko hatten einen ziemlich identischen Arbeitsplan und kamen kurz nach mir in den Fitnessraum. Die beiden Ärzte inspizierten ihren Arbeitsbereich und richteten sich nach ihren Vorstellungen ein. Der Inder Ishan Suomatan forderte die neuesten Bilder und Daten des

Marswetters von dem in Acht Kilometer Höhe befindlichen Wettersatelliten an, um eine erste Prognose für den Tag zu erstellen. Die Naturwissenschaftler Natascha und Huroka sollten nicht bei ihren ersten erforderlichen Außeneinsätzen von einem Sandsturm überrascht werden. Danach wollte er sich einen Eindruck über die Großwetterlage machen.
In seiner Eigenschaft als Maschinenbauingenieur nahmen sich Kaiuto Awaniko und der Physiker Claude Pasqude im Lagermodul F theoretisch den Aufbau des Gewächshauses vor. So begann unser erster Arbeitstag auf dem Mars.
Klaus Wegener musste von unseren Vorhaben die Erdstation nicht informieren, da der Ablauf der ersten Tage genauestens vorgegeben war.
Nach der Mittagspause berichteten wir über die Ergebnisse unseres Vormittags. Die beiden Naturwissenschaftler Natascha und Huroka hatten von dem Außeneinsatz Gesteins- und Bodenproben mitgebracht um sie in ihren Laboren zu untersuchen. Ishan berichtete unter Vorbehalt von einer ruhigen Wetterlage, denn verlässliche Vorausschauen konnten in Unkenntnis der detaillierten Fakten noch nicht gemacht werden.
Die Piloten und ich gaben unsere positive Beurteilungen über die Geräte

und deren Einsatz im Fitnessmodul wider.
Der Aufbau des Gewächshauses würde keine technische Probleme aufwerfen. Zu dieser Überzeugung waren Kaiuto und Claude gekommen. Nach dieser Besprechung war für alle ein medizinischer Check angesagt.
Vor dem Abendessen war der Großteil der Crew daran interessiert eine erste Erkundungsfahrt im Nahbereich zu machen. Klaus zeigte kein großes Interesse, holte aber für uns die Erlaubnis von der Erde ein, um mit dem Rover einen ersten kurzen Ausflug machen zu können. Die Ärzte hatten zum Einen kein Interesse daran mitzufahren und zum Anderen mussten sie die Berichte über unseren Gesundheitsstatus verfassen.
So blieben Drei der Zehn Sitzplätze im Rover leer.
Wir Anderen fühlten uns wie Kinder auf einem Schulausflug, obwohl das was wir sahen nicht gerade sehr abwechslungsreich war. Nirgens war eine Freiheitsstatue, kein Eifel-Turm, keine Pyramiden oder sonst irgend eine Sehenswürdigkeit zu bestaunen. Aber das Wissen dessen, dass vor uns noch niemand dort gewesen war, erschien uns genug, um staunend an den Fenstern zu „hängen".

Um uns eine ruhige Fahrt zu gönnen lenkte Onko den Rover mit viel Geschick um felsige Hindernisse und Bodenunebenheiten.
Nach etwa einer Stunde dockten wir wieder an dem Modul F an und versammelten uns später im Aufenthaltsraum um unsere Abendmahlzeit einzunehmen. Vor dem schlafen gehen schauten wir uns den Tagesplan für den nächsten Tag an. Wie von den meisten erwartet, war der Aufbau des Gewächshauses und der schützenden Abdeckung unseres „Building Dog“ vorgegeben. Ishan hatte inzwischen neue Informationen über die Großwetterlage für unsere Position bekommen. Danach konnte er für den 3.Tag auf dem Mars für unsere Außeneinsätze grünes Licht geben.
Anschließend konnten wir uns dem wohlverdienten Schlaf hingeben.
Wieder sah ich bei dem Versuch einzuschlafen, „vor meinem geistigen Auge“ das schöne Gesicht meiner Bella. Seufzend schob ich die Gedanken an sie zur Seite und widmete mich der Nachtruhe.

3.Marstag

Huroka, Klaus, Sven und ich hatten für diesen Tag zunächst die Aufgabe den „Building Dog“ mit Planen abzudecken

und danach den Anderen bei dem Aufbau des Gewächshauses mitzuhelfen. Diese Truppe musste sich aber früh morgens beeilen, denn die zusammengelegte Gewächshausfolie musste ausgeladen werden. Sie war auf einem Anhänger im „Building Dog" platziert. Onko sollte den Anhänger mit dem Rover zum Aufstellungsort bringen. Natürlich wollten wir Vier ihnen beim entladen des Anhängers helfen, denn wir konnten ja sonst unseren Raumgleiter nicht „einkleiden".
Voller Tatendrang und gut gelaunt stiegen wir nach einem „ausgiebigen" Frühstück in unsere Marsanzüge und begaben uns zu unseren Arbeitsplätzen. Für uns Vier bedeutete dies ein fünfzehnminütigen Fußweg. Wir hörten über unsere Sprechverbindung, dass Klaus ein altes deutsches Wanderlied sang: „Das Wandern ist des Müllers Lust, das Wandern ist des Müllers Lust. Das Wahandern!" Ich konnte mir ein Schmunzeln nicht verkneifen. Da ich ja die deutsche Sprache sprach, verstand ich den Text, ob die Anderen ebenfalls geschmunzelt hatten konnte ich zu dem Zeitpunkt nicht wissen. Aber auf jeden Fall erklang in unseren Helmen der unverkennbar holländische Dialekt von Anke Nejes, die sich ja weit weg im sicheren Rover befand. Sie richtete

ihre Frage an Klaus: „Hej du, Klaus, singst du eigentlich gerne?“
Worauf dieser voller Stolz antwortete: „Natürlich!“
Das letzte was wir in diesem Zusammenhang noch hörten, war Ankes Stimme: „Und warum lernst du es nicht?“
Danach war Funkstille....!
Nachdem die Gewächshaustruppe abgezogen war konnten wir endlich den Raumgleiter einpacken.
Bei der Entladung und dem Ausbreiten der Abdeckplanen leistete uns einer beiden Kräne von „Building Dog“ wertvolle Hilfe. Aber durch die geringere Schwerkraft war die Arbeit für uns nicht so schwer wie erwartet. Unter dem Rumpf wurden die Planen mittels Kippverschlüssen verbunden. Nach etwa Vier Stunden war unsere Arbeit vollendet und wir machten uns auf den Weg zurück zu unserer Marsstation.
Ich fragte in die Runde: „Was glaubt ihr, macht die Treibhaus-Truppe wohl ebenfalls Mittagspause?“ Aber nur Sven antwortete: „Wollen wir doch hoffen. Regelmäßige Nahrungsaufnahme ist wichtig.“ Eine typische Mediziner Antwort. Als wir näher an unserer Unterkunft waren, konnten wir keine Aktivitäten an der Baustelle „Gartenschau-Halle“ erkennen. Die in

der Schleuse des Moduls F befindlichen Marsanzüge verrieten uns aber, dass sich unsere Kollegen ebenfalls schon zur Mittagspause in der Station eingefunden hatten.
Unsere Begrüßung fiel so herzhaft aus, als hätten wir uns tagelang nicht gesehen. Onko hatte als zweiter Pilot natürlich die Frage: „Seid ihr mit dem einpacken unseres „Hündchens" fertig, oder müsst ihr noch einmal hin? Wir könnten noch einige Hände bei dem Treibhaus gebrauchen."
Bevor Klaus antworten konnte, bestätigte Natascha: „Oh ja, da hat Onko verdammt recht. Das Ding ist unhandlich wie ein Jumbo-Jet." Klaus beruhigte sie mit den Worten: „Ja, ja, wir sind fertig, und ihr könnt nachher über uns verfügen."
Mit einem erleichtertem: „Gott sei Dank," meldete sich auch Anke, zu Wort.
Wir ließen uns das wohlverdiente Mittagessen schmecken und machten uns danach auf den Weg zur Baustelle „Treibhaus".
Vor Ort erkannten wir, dass sich der begonnene Aufbau noch in seinem ersten Stadium befand. Gerade eine Glasfieberstange war eingeschoben. Na gut, das gesamte Objekt hatte eine Länge von etwa Fünfzig Metern, eine Höhe von Zweimeterundfünfzig und eine

Breite von etwa Zwanzig Metern. Als Entschuldigung für den geringen Fortschritt der Arbeit konnte das Team natürlich geltend machen, dass Zwei Frauen, die nicht genügend Kraft hatten, involviert waren.
Dem Japaner Kaiuto Awaniko war als Maschinenbau-Ingenieur die Leitung des Aufbaues zugedacht worden. Er ließ uns erst einmal die Glasfiebersegmente ineinander stecken. Mit ihrer Länge von ungefähr Dreißig Metern und einem Durchmesser von Fünf Zentimetern hatten sie trotz der geringen Schwerkraft auf dem Mars, ein unhandliches Gewicht. Während wir Männer die Stangen in die vorgegebenen Stellen des Dachs einschoben, hatten die beiden Frauen mit dem Physiker Claude Pasqude die Aufgabe das gefrorene Wasser aus den Versorgungscontainern mit den speziell dafür vorgesehenen Heizspiralen aufzutauen.
Es sollte später, wenn die Glasfieberstäbe von unten mit Stütztraversen verstärkt waren, durch Schläuche in das Dach eingefüllt werden. Da bei der Polypropylenfolie die Halbrohrform vorgegeben war, musste nur die Bodenfläche noch mittels Fünfzig Bodenankern von einem Meter Länge auf dem Marsboden befestigt werden. Ein großzügig bemessenes

Diesel-Stromaggregat lieferte uns die Energie für die Bohrwerkzeuge.
Wer aber meint, dass die fehlende Erdschwerkraft das Arbeiten erleichterte, dem sei gesagt: Ein Marsraumanzug kann beim körperlichen Arbeiten die Angelegenheit ziemlich erschweren.
Selbst wenn er aus den neuesten Materialien besteht und mit denen die auf dem Mond verendet wurden eigentlich kaum noch etwas gemeinsam hatten. Sie erlaubten uns zwar deutlich mehr Bewegungsfreiheiten, aber das war schon alles. Als große Erleichterung muss der Helm mit seinem großen Visier erwähnt werden. Wir hatten dadurch einen Sehbereich der dem eines Menschen ohne diesem Helm, sehr nah kam. Das ersparte uns die ständigen Oberkörperdrehungen.
Gegen 18.00 Uhr Marszeit hatten wir alle Glasfiberstäbe verbaut und den Treibhausboden mit sämtlichen Befestigungsankern gesichert. Da zwischen den Wandungen aber noch das Wasser fehlte, war es ein sehr instabiles Gebäude.
Kaiuto fragte Ishan, den Meteorologen: „Bist du dir sicher, dass die Wetterlage stabil ist?"
„Eigentlich schon, „Ishans Stimme klang aber nicht sehr überzeugt. So machte er den Vorschlag: „Wir können aber

sicherheitshalber die Stäbe zur Seite auf den Boden kippen und sie mit Seilen quer über die Folie an den Ankern festspannen."

Gesagt getan - Nach einer weiteren Arbeitsstunde war auch das erledigt, und wir konnten uns auf den Weg zu unserem Marswohnsitz machen.

Eine routinemäßige medizinische Untersuchung musste noch nach dem Abendessen durchgeführt werden, und dann konnte ein besonderer Feierabend beginnen.

Die Bodenstation hatte uns für diesen Abend eine erste Bildverbindung mit unseren Lieben auf der Erde zu ermöglichen. Via eines speziellen Satelliten konnten wir sie für je Fünf Minuten sehen und hören. Eine richtige Kommunikation war aber leider durch die lange Signaldauer von etwa Zwanzig Minuten nicht möglich. Doch jeder wollte dennoch seine Liebsten sehen. Ich freute mich sehr darauf das lächelnde Gesicht meiner geliebten Bella zu sehen. Ich hoffte nur, dass es ihr gut ging. Anschließend konnten wir zu ihnen sprechen.

Wenn das alles klappte, sollte uns einmal im Monat als Motivationsspritze dieses weiter ermöglicht werden. Um 22.00 Uhr bekamen wir von der Bodenstation die Aufforderung den

Kommonikationsbildschirm anzuschalten. Klaus beeilte sich dieses zu tun.
Der Personalleiter Dr. Bernstein auf der Erde erschien auf dem Bildschirm und gab uns die notwendige Information über den Ablauf der nächsten Stunden: „Zunächst werden ihre Verwandten nach einander von der Erde zu ihnen reden. Danach werden sie auf dem Mars Gelegenheit haben, ebenfalls nacheinander, Grüße zur Erde zu senden. Ich wünsche Ihnen viel Vergnügen."
Nach der Einteilung war Bella als Vierte auf dem Gerät zu sehen. Mich überkam ein unbeschreibliches Glücksgefühl, als ich endlich Bella auf dem Bildschirm sah und ihre Stimme hörte. Beinahe hätte ich ihr schon zu gewunken, aber sie hätte es sowieso nicht sehen können. Als sie aber sagte: „Ich wünsch mir, dass du bald wieder bei mir bist. Ich sehne mich nach deiner Zärtlichkeit," war mir das doch etwas peinlich. Bestimmt bin ich im Gesicht rot geworden. Aber so war sie nun `mal: Immer das Herz auf der Zunge. Obwohl mir ihre Art sehr gefiel, hatte ich mir vorgenommen etwas zurückhaltender mit ihr zureden.
Nachdem die Grüße von der Erde beendet waren, überkam mich ein Anflug von Sehnsucht. Am liebsten wäre ich am nächsten Tag wieder zur Erde

zurückgeflogen. So blieb mir nur die Möglichkeit mein Heimweh nach ihr, mit einigen Sätzen zu beschreiben.
Um unsere Grüße senden zu können, mussten wir uns einzeln vor die dafür vorgesehene Kamera setzen. Dabei konnten wir uns auf einem Monitor sehen. Ebenso sahen wir auch die eingespielten Sprechzeiten. Einer nach dem Anderen erzählte seinen Lieben was ihm oder ihr wichtig erschien. Einige von uns hatten Zettel mit Stichwörtern vorbereitet. Ich hatte geglaubt, dass ich darauf verzichten konnte. Als ich aber an der Reihe war, hatte ich vor lauter Aufregung mein gesamtes Konzept vergessen.
Natürlich stotterte ich wie ein Vierzehnjähriger bei seinem ersten Date. Ich bin mir aber sicher, dass ich Bella gesagt hatte, wie sehr sie mir fehlte. Als meine Sprechzeit vorbei war, konnte ich nicht glauben, dass es Fünf Minuten gewesen sein sollten. Es waren auf jeden Fall die kürzesten in meinem Leben!
Um kurz vor Mitternacht ging dieser Motivationsabend zu Ende, und wir verkrümelten uns in unsere Schlafkabinen. Da ich in meinen Gedanken auf der Erde bei Bella war, dauerte es deutlich länger, bis ich endlich einschlafen konnte.

4.Marstag

Am nächsten Morgen wurde ich durch den Weckdienst der Erde aus meinen Träumen gerissen. Nach dem Duschen zog ich mich schnell an und traf dennoch als Letzter an unserem Frühstückstisch ein.

Ein müdes: „Guten Morgen," brachte ich gerade noch über die Lippen. Nach einigen Minuten fiel mir auf, dass die Anderen ebenfalls schweigsam waren. Es kam mir vor, als wäre der Motivationsabend ein Schuss nach hinten gewesen, denn alle machten einen bedrückten Eindruck.

Als alle mit dem Frühstück fertig waren, fühlte Klaus sich veranlasst zu uns zu sprechen: „Also Leute, wie wir wohl alle gemerkt haben, war es noch nie so still bei einem unserer Frühstücke. Ich bin mir sicher, dass es an der gestrigen Erfahrung mit der Satellitenübertragung lag. Ob es Heimweh oder Sehnsucht ist, was uns nun so wehmütig hat werden lassen, spielt nun keine Rolle. Was aber eine Rolle spielt, das ist unser Job hier auf dem Mars. Wir haben uns freiwillig dafür gemeldet und wussten, dass es nicht einfach werden würde. Nun hatten wir unsere erste Belastungsprobe. Wir hatten eigentlich erwartet, es würde ein technisches Problem oder

Schwierigkeiten mit dem Wetter sein. Nun war es wohl das Wiedersehen mit unseren Verwandten auf der Erde.
Aber es ist vorbei, und wir müssen uns wieder den Aufgaben stellen, für die wir hier auf diesem Mars gelandet sind. In den nächsten Tagen sollten wir uns Gedanken mache, ob es nicht besser und einfacher für alle sein würde, wenn wir keinen Kontakt mehr zu unseren Leuten hätten.
Nun aber heißt es: Wir sind Marsastronauten und haben hier einen Job. Also machen wir unsere Köpfe wieder frei und lasst uns Begonnenes zu Ende zubringen. Wir treffen uns, außer Ishan, der eine neue Wetterprognose erstellen muss, in einer halben Stunde am Treibhaus."
Ein Blick in die Runde zeigte mir, dass alle seiner Meinung waren. Um wieder eine entspannte Stimmung zu schaffen, legte er noch einen Scherz nach: „Wir haben die Order bekommen, dass ab sofort das Rauchen, auch im Sanitärbereich verboten ist. Es ist nur noch im Freien und ohne Schutzhelm erlaubt."
Alle lachten, zumal keiner von uns Raucher war. So machten wir uns Dreißig Minuten später auf den Weg zum Treibhaus. Dort angekommen, befreiten Fünf von uns die Folie von der

Sicherungsleine. Die beiden Frauen bekamen Claude und mich zur Unterstützung bei den Schlauchanschlüssen an den Wassertanks. Wir stellten die Verbindungen zu dem noch flach auf dem Boden liegendem Treibhaus her. Das Eis war restlos aufgetaut und wir warteten auf das Signal von Kaiuto um die Vier Pumpen, die das Wasser in die Treibhaushülle drücken sollten, in Betrieb setzen zu können. „Wasser Marsch!!", klang Kaitos Stimme in unseren Helmen und wir beeilten uns die Pumpen anzulassen. Das Wasser ergoss sich in die Folie und die „Luft" entwich mit einem leisen Pfeifen an den Entlüftungsventilen. Da die Hohlräume in der Folie alle miteinander verbunden waren, hätte eine Pumpe durchaus zur Befüllung genügt, aber mit Vier ging es natürlich schneller.
Ein Druckmanometer an jedem Einfüllstutzen ließ erkennen wann die erforderliche Menge eingefüllt war. Langsam richtete sich unser „Gartenhäuschen" auf.
Wir staunten nicht schlecht, als wir sahen, dass an jeder Ecke eine Schleuse eingebunden war. Besondere Magnete und Dichtungen sorgten für einen luftdichten Abschluss zur Außenluft. Nun musste noch das Innere mit Atemluft gefüllt werden. Dazu wurde parallel

Druckluft aus einem der Presslufttanks in den Innenraum gedrückt.
Pünktlich zur Mittagspause um 13.00 Uhr stand das Treibhaus in voller Größe vor uns. Die Wasserpumpen wurden ausgeschaltet, die Luftbefüllung gestoppt und alle Versorgungsleitungen geschlossen. Zum Abschluss wurde die Luftumwälz- und Filteranlage angebracht und eingeschaltet. Das war eine notwendige Maßnahme, um sicher zu stellen, dass in dem Treibhaus ohne Atemschutzgerät gearbeitet werden konnte. Wenngleich später jeder, der das Gebäude betritt, zur Sicherheit sein Atemschutzgerät mit hinein nehmen musste.
Auf dem Weg zu unseren Containern drehte ich mich zu dem Gewächshaus um und musste stehen bleiben. Die Anderen merkten es und blieben ebenfalls, mich ansehend, stehen.
„Was ist los, Eddi," wollte Klaus wissen.
Ich schaute auf einen imposanten, aus Eis gebauten Tempel, in dem sich das rote Licht der untergehenden Sonne widerspiegelte. Natürlich war das Gewächshaus nicht aus Eis, aber die klare durchsichtige Kunststofffolie ließ es so erscheinen. Ich war von dem Anblick so begeistert, dass ich mir vornahm bei der nächsten Gelegenheit

davon ein paar Fotos zu machen. Ich drehte mich zu meinen Kollegen um und machte sie auf den genussvollen Anblick aufmerksam. Zu meinem Bedauern musste ich erkennen, dass niemand meinen Eindruck teilte.
Nach dem Mittagsmahl war ein weiterer Gesundheitscheck angesagt. Mit Blutentnahme und EKG und einer allgemeinen Untersuchung. Das Ärzteteam untersuchte sich natürlich gegenseitig.
Als ich abends in meiner Schlafkabine lag, waren meine Gedanken wieder einmal bei Bella. Bei diesen Gedanken konnte ich erstaunlicherweise dieses Mal gut einschlafen.

5.Marstag

An diesem Tag sollten eigentlich die Bogenstützen gesetzt und das Treibhaus eingerichtet werden. Beleuchtung, Heizung, Wasseranschlüsse, Tische, Erde und diverse Kleinteile galt es zu platzieren bzw. zu installieren. Doch Ishan Suomatan der indische Meteorologe hatte eine weniger gute Nachricht. Es näherte sich ein mittelgroßer Sandsturm. Unsere Camp und der „Building Dog" befanden sich zwar in einer einigermaßen geschützten Geländeformation zwischen einigen Erhebungen, aber das Treibhaus befand sich hingegen auf einem relativ freiem

Gelände. Klaus beschloss kein Risiko einzugehen und setzte eine Anfrage zum Kontrollzentrum ab. Nach Rücksprache mit der Leitung auf der Erde, wurden wir angewiesen unsere Container nicht zu verlassen, bis uns Ishan wieder grünes Licht geben würde. Dieser schätzte die Dauer des Sturmes auf etwa Drei Stunden. Also nutzten wir die Zeit um etwas gegen den Muskelabbau zu tun. In dem Fitnessbereich gab es genügend Möglichkeiten sich zu betätigen. Erst am Nachmittag konnten wir sicher den Marsboden betreten und eine Sichtung eventueller Sturmschäden vornehmen. Zu unser aller Erstaunen befand sich alles noch in dem Zustand den wir tags zuvor verlassen hatten. Ein leichter Restwind wehte die Sandablagerungen noch fort, so dass alles als in Ordnung bezeichnet werden konnte. Klaus setzte eine dementsprechend Meldung zur Erde ab, die nach etwa einer Stunde mit einem „Ok", quittiert wurde.

Mit einem: „Auf geht's. Lasst uns mit dem Treibhaus einräumen beginnen," forderte Klaus uns danach auf. Zuerst mussten die Fieberglasstreben von innen mit den dafür vorgesehenen Stützen stabilisiert werden.
Das bedeutet, dass zunächst diese Stützen auf den Anhänger geladen werden

mussten. Während Klaus, Natascha, Claude und ich die Beladetruppe für die Stabilisierung des Treibhauses bildeten und uns auf den Weg zum Materialcontainer machten, holte Onko den Rover und den Anhänger.
Wir luden auf, Onko fuhr.
Am Treibhaus wurde abgeladen und in das Treibhaus gebracht. Da die Stützen nur in die dafür vorgesehenen Vorrichtungen eingehängt und auf Spannung gebracht werden mussten, ging diese Sicherung der Stabilität relativ schnell.

Onko Luque, fuhr das Rovergespann zurück Materialcontainer um die Einrichtungsgegenstände zu holen. Anke Nejes, Ishan Suomatan, Kaiuto Awaniko, Sven Högeström und der chinesische Biologe Huroka Tscheng beluden den Anhänger. Auf dem sie sich sitzend zum Treibhaus bringen ließen. Beim entladen konnte unser Team schon tatkräftig mit helfen. Nicht schnell, aber reibungslos waren die Einrichtungsgegenstände an die vorgegebenen Stellen im Treibhaus platziert.
Als die Zweite Fuhre von Onko gebracht wurde, standen alle schon wieder bereit. So ging es Hand in Hand, bis alles untergebracht war und an seinem Bestimmungsort stand. Mittlerweile war der Nachmittag gekommen und alle hatten

verständlich Hunger. Also ging es zur verspäteten Mittagspause. Bedingt durch die noch ungewohnten Arbeitsbedingungen und den Sandsturm hatten wir den vorgegebenen Zeitplan nur mit Zwei Stunden überschritten.
Die Geologin Natascha Bolenko machte sich nach dem Essen auf den Weg um Gesteinsproben für ihre ersten Untersuchungen zu sammeln. Der Biologe Huroka Tscheng schuf im Treibhaus mit erdigem Pflanzboden die Voraussetzungen für eine erste Samenaussaat. Meine Aufgabe lag darin, die Elektronik des Reaktors und der Rückgewinnungs-Anlagen für Wasser und Atemluft zu überprüfen. Desweiteren mussten die Luftdruckgeneratoren für unsere Station und das Treibhaus neu eingestellt werden. Das wichtigste kam aber am Ende meines Arbeitstages. Die mitgebrachte Laserkanone, die wir für unseren Rückflug benötigen würden, zu justieren und einzustellen.
Die Ärztin und ihr Kollege verfassten ihre ersten Berichte und sendeten sie zur Erde.
Die Piloten hatten eine besonders wichtige Aufgabe zusammen mit dem Maschinenbau-Ingenieur Kaiuto Awaniko aus Japan. Sie wollten einen Start simulieren. Der Laserstrahl, der den „Building Dog" ab der Raumstation ISS-2

die Startenergie lieferte, musste hier der Atomreaktor liefern. In der Theorie wurde das ja auf der Erde geübt, aber klappte es auch auf dem Mars?
Es klappte!
Anschließend mussten sie den „Dog" wieder mit der Sandschutzplane einkleiden.
Ishan der Meteorologe arbeitete mit der Erdstation und den Mars-Wettersatelliten eine neuen langfristige Wettervorhersage aus.
Nachdem sich am Abend alle wieder eingefunden hatten und gemeinsam gespeist hatten, berichteten wir in einer Arbeitsbesprechung über die Ergebnisse unserer Arbeiten vom Nachmittag.
Da alle nur positives zu berichten hatten und durch Überstunden unsere Zeitüberschreitung vom Vormittag wieder ausgeglichen hatten, konnte Klaus einen erfolgreichen Bericht zur Erde senden.
Vor dem Schlafengehen hatten wir noch Zwei Stunden Zeit, die jeder zur freien Verfügung nutzte. Einige machten es sich in der Sitzgruppe bequem und schauten sich einen britischen Kriminalfilm an. Andere nahmen sich ein Buch oder hörten über Kopfhörer Musik.
Ich hatte mir angewöhnt seit meiner Annahme zum Astronaut ein Tagebuch zu schreiben. Dahinein notierte ich das

für mich wesentliche. Ich hatte damals noch nicht daran gedacht, dass ich je ein Buch über das Erlebte schreiben würde. Schon gar nicht, dass es sich für mich als große Gedächtnisstütze erweisen würde.

6.Marstag

Nach beinahe einer Woche konnte der Biologe Huroka endlich mit seiner eigentlichen Arbeit im Treibhaus beginnen.
Er hatte zunächst die Aufgabe verschiedene irdischen Algen und Moose, die mit dem Building Dog" zum Mars befördert wurden, in Anpflanzgefäße einzusetzen. Einen Teil der Pflanzen wurden in Marsboden und ein anderer Teil in irdischen Boden gepflanzt. Er hatte bei seinem ersten Ausflug auf dem Mars den Boden von verschiedenen Stellen, die er mit farbigen Zahlen markiert hatte, in luftdichte Kunststoffbeutel gepackt und sie in seinem Labor auf erkennbare Schädlinge untersucht.
Nach erfolgreicher Anpflanzung sollten sie später in den Marsboden an markierten Stellen ausgesetzt werden.
Eine andere Aufgabe bestand darin, Samen in die ebenso unterschiedliche Erdsorten zu säen, um auch diese später dem Marsboden anzuvertrauen. Unser

Aufenthaltsort befand sich in einer der „tropischen" Zonen des Mars. Da selbst in den Marstropen am Tage, wenn nicht gerade ein Sandsturm wütete, etwa sieben Stunden erträgliche Temperaturen herrschen, konnten die winzigen Pflanzen und Samen alle aus den trockenen, antarktischen und arktischen Erdteilen entnommen werden. Dort herrschen die marsähnlichsten Bedingungen, die man auf der Erde kennt. Extreme Trockenheit und durchschnittlich
-50 Grad. Diese Organismen sind Kälte liebend und sollten biologisch aktiv sein. Also, sie mussten Photosynthese betreiben. Der kritische Faktor wäre bei der Auspflanzung in den Marsboden der fehlende Wasserregen und der nicht vorhandenen Nährstoffe. Dieses Manko könnte ja durch Bewässerung und Düngung ausgeglichen werden. Aber schlimmer war, als sich bei genauer Analyse heraus stellte, dass die schädliche UV-Strahlung von der geringen CO_2-Atmosphäre nicht heraus gefiltert wurde. Die Menge ist selbst für stressgeplagte Pflänzchen eine tödliche Dosis. Eventuell könnte ein künstliches Magnetfeld helfend und schützend den Pflanzenwuchs unterstützen.
Alternativ könnten - wenn überhaupt - dann nur mit genetisch völlig

umstrukturierten Algen, Bakterien und Flechten Erfolge erzielt werden. Früher sprach man im Zusammenhang nur von speziellen Züchtungen. Von genmanipulierten Organismen war zunächst noch keine Rede.
Somit stand das Ergebnis dieser, seiner ersten Arbeit quasi schon fest. Aber es gab ja noch Möglichkeiten die Pflanzen zu schützen. Zum Beispiel mit UV-Strahlung vermindernde Gläser. Davon hatte Huroka ein ausgesuchtes Sortiment. Die werden aber erst in einigen Wochen benötigt.
Die Schaffung eines erdähnliches Klimas lag damals noch in weiter Ferne.

Wie alle Forschungsarbeiten war unsere Arbeit ebenfalls als Grundlagenforschung anzusehen.
Ebenso war die Tätigkeit der Geologin Natascha Bolenko zu bewerten.
Sie hatte bei ihrem ersten Gang auf dem Mars zwar erste Gesteinsproben mit in ihr Labor gebracht, aber für eine genaue Untersuchung fehlte ihr noch die Zeit. Aber an diesem Tag wollte sie sich mit massiverem Felsgestein versorgen. Weil sie dazu aber das Camp verlassen musste, wurde sie zur Sicherheit von Claude, als ihrem Teampartner, begleitet.
Außerdem sollten sie den Marsboden

„anknabbern", sprich: Bodenproben entnehmen. Onko Luque musste die dafür notwendige Ausrüstung mit dem Rover transportieren.
An dem Bestimmungsort angekommen, machten sie sich mit einem Bodenradar an die Arbeit. In einem vorbestimmten Bezirk, von dem vermutet wurde, dass es sich um ein ehemaliges Flussbett handelte, sollten sie nach Wassereis suchen. Als Erstes mussten sie eine Bohrung von mindestens Zehn Metern vorbereiten. Diese Bohrung sollte am nächsten Tag durchgeführt werden. Aus den Bohrproben könnte im Permafrost-Boden nennenswerte Mengen Wasser gewonnen werden. Zumindest war das die Hoffnung der Verantwortlichen.
Flüssiges Wasser ist für ein Leben wie auf der Erde unerlässlich. Doch die dünnen atmosphärischen Bedingungen, bei denen Wasser schon bei 55° Celsius siedet, ließen diesen Zustand auf Dauer nicht zu. Noch nicht!
Von der Antarktis ist bekannt, dass sich an sonnigen Tagen eine dünne Schicht flüssigen Wassers bildet. Dies wird zwar auch von den Polkappen des Mars vermutet. Leider waren wir nicht an einer der Polkappen sondern in der „tropischen" Zone, nahe des Äquators. Untersuchungen von Marssonden hatten die Vermutung bestätigt, dass sich vor

Millionen von Jahren sogar Ozeane mit bis zu Dreitausend Metern Tiefe auf dem Mars befanden. Warum das Wasser verschwand und wohin? Darüber waren die Wissenschaftler noch uneins.
Entweder haben Sonnenwinde die Atmosphäre fort geblasen und somit konnte das Wasser ins All verdunsten.
Oder, durch die magnetische Beeinflussung der Sonnenwinde kam es zur Abtrennung der Wasserstoffatome von den Wassermolekülen, die dann ebenfalls ins Universum verschwanden.
Der Vorgang hätte etwa Einhundert - bis Zweihundert Millionen Jahre in Anspruch genommen.
Doch was nützte uns das Wissen? Das Wasser war weg und wir, beziehungsweise Natascha, konnte zusehen, wie sie wieder welches gewinnen würden.

Das Ärzteteam machte die ersten Analysen unseres Blutentnahmen und dokumentierten sie.

Kaioto und ich hatten die Aufgabe uns mit dem zugegebenermaßen schwachen Magnetfelde unseres Gastplaneten auseinander zusetzen.
Das dort existierende Magnetfeld war durch schwache aber messbare tektonischen Bodenplattenverschiebung entstanden. Als effektiver Schutz

reicht es natürlich nicht. Wir sollten versuchen ein künstliches Magnetfeld, als partiellen Schutz gegen die schädlichen Sonnenstürme, zu entwickeln.
Bevor wir die Arbeit aufnahm, schauten wir uns den von Ishan erstellten Bericht über die Wetterlage an.

Die beiden Piloten Klaus und Onko verfassten die Berichte über unsere Tätigkeiten vom Vortag und sendeten sie zusammen mit denen der Ärzte, an die Station auf der Erde. Danach mussten sie noch auf die Antwort warten und eventuell neue Order in Empfang nehmen. Da sie sonst keine genaue Aufgaben hatten, fassten sie aber hilfreich an, wo immer sie benötigt wurden.

Mit diesen Tätigkeiten verbrachten wir die folgenden Tage, nur unterbrochen durch Fitnessübungen und ärztlichen Untersuchungen. An einem Abend hatten wir begonnen über die Schaffung eines erdähnlichen Klimas auf dem Mars zu philosophieren.
Warum waren wir eigentlich auf dem Mars? Reichte uns der Mond denn nicht? Was trieb uns Menschen an, den Mars zu erkunden? Satelliten und Roboter konnten doch ebenfalls alles erforschen.

Wir sollten mithelfen herauszufinden ob ein Terraforming, also eine Veränderung des Mars hin zu einem erdähnlichen Klima, möglich ist. Aber wozu? Um die Menschheit, wenn sie die Erde zerstört hat, auf den roten Planeten zu evakuieren? Oder wenn sich eine Zerstörung aus dem All durch Asteroiden abzeichnet?
Nur, bis der Mars für Pflanzen und Tiere im erforderlichen Maß erdähnlich sein würde, würden noch einige Hundert Jahre vergehen. Darüber waren sich alle verantwortungsvolle Wissenschaftler einig.
Wir schlossen uns dieser Erkenntnis an. Sicher, es wäre nicht unmöglich, aber es erschien uns schon damals schwieriger als oft dargestellt. Gase, Flüssigkeiten und feste Stoffe die eine neue Biosphäre bilden müssten, würden in einer hochkomplexer Wirkung zueinander stehen. Außerdem würde sie auch nicht linear verlaufen. Durch Vernetzungen wird es immer wieder zu unvorhersehbaren Problemen, wenn nicht sogar zu Rückschritten kommen. Es stand damals schon fest, dass ein gigantischer Aufwand betrieben werden musste, um auf dem Mars erdähnlich leben zu können. Dabei war das Thema der Wasserversorgung nur eines der schier unlösbaren Probleme.

Wenn dann irgendwann doch Menschen den Mars besiedeln würden, könnten sie nach einigen Jahren nicht mehr zur Erde zurück. Die geringe Marsanziehung würde die Muskulatur dermaßen schwinden lassen, dass sie die Menschen auf der Erde nicht mehr tragen könnte.
Wir waren einhellig der Meinung, dass unsere Anwesenheit dort vergleichbar war, als wollten wir einen Sandkasten von Zehn mal Zehn Metern mit der Entnahme einzelner Sandkörner leeren. So weit waren wir von erdähnlichen Verhältnissen entfernt.
Aber vielleicht steckten auch nur kommerzielle Interessen hinter dem Ganzen. Auf der Erde sind die Rohstoffreserven begrenzt. Ein Abbau auf dem Mars könnte als Rohstofflieferant betrachtet werden. Diesen neuen Aspekt wollten wir aber an diesem Abend nicht weiter vertiefen.
Tagsüber waren wir ja mit unseren Aufgaben beschäftigt, aber an den Abenden versuchte ich meine Gedanken mit dem Schreiben in meinem Tagebuch oder bei dem Lesen eines Buches abzulenken. Gelegentlich schaute ich mir auch einen Film von einer DVD an. Doch immer wieder musste ich an meine Bella denken. Wenn doch wenigstens Telefonate möglich gewesen wären - sie fehlte mir doch sehr. Ob es den anderen

Mitgliedern der Crew ebenso erging, wusste ich nicht, denn niemand redete darüber, wie es ihm oder ihr diesbezüglich ging.

12.Marstag

So vergingen die meisten Tage. Am Morgen des Zwölften Tag machten wir in einer Besprechung die ersten Ergebnisse unserer Arbeiten den anderen Crew-Mitgliedern bekannt.
Ich begann: „Kaito und ich hatten zunächst einige Magnetfeldmessungen an der Marsoberfläche vorgenommen. Die gewonnen Daten waren so gering, dass sie für uns ohne Nutzen waren und nur statistische Bedeutung haben. Aber erste kleine Erfolge mit unseren Magnetfeld-Studien konnten wir dennoch mit einem selbst erzeugten Magnetfeld verbuchen. Von einem gebrauchsfertigen Prototyp sind wir aber noch Meilen entfernt. Kaito schweißte mir ein Gestell zusammen, welches sehr an einen Regenschirm ohne Bespannung erinnerte. Vor dem oberen Ende sorgte ein, durch einen Trockenakku angetriebenes Aggregat für ein noch zu schwaches Magnetfeld. Aber wir sind sicher, in spätestens Zwei Tagen einen Prototyp hinzubekommen."

Claude und Natascha konnte ebenfalls

erste Erfolge mit ihren Permafrost-Bodenproben melden. Die Bohrung in den Marsboden hatte gute Fortschritte gemacht, sodass etliche Proben entnommen werden konnten. Leider hatte das gewonnene Wasser keine Erd-Qualität. Soviel stand zunächst fest. Genauere Untersuchungen würden detaillierte Aussagen möglich machen.

Da auch der Biologe Huroka Tscheng erste mikroskopisch kleine pflanzliche Zellverbindungen vermeldete, konnte durchaus von einem erfolgreichen Beginn unserer Mission gesprochen werden. Eine Stunde später waren wir wieder an unseren Arbeitsplätzen.

Alles verlief friedlich und ohne Hektik oder Stress.
Bis die Alarmsirenen in unseren Helmen und im Treibhaus uns in den Ohren schrillten. Kaiuto und ich befanden uns im Außengelände.
Wir schauten uns fragend an.
Keiner wusste was geschehen war.
Onko schnappte sich ein Atemgerät und eilte zum Rover um Huroka aus dem Treibhaus zu befreien. Bis der den Marsanzug an gehabt hätte, wäre es vielleicht zu spät gewesen. Den konnte man noch holen, wenn alles vorbei war. Was auch immer die Ursache für den

Alarm war.
Bei unserem Eintreffen in unserer Station fanden wir Klaus, Huroka und Onko, der mittlerweile Huroka geholt hatte, vor einem Bildschirm sitzend vor. Sie hatten Verbindung mit der Erde. Ein Astronom erklärte gerade den Grund für den Alarm: „.....wird den Mars in genau Sechsundzwanzig Stunden erreichen. Wo genau, können wir noch nicht sagen. Also muss sofort aus Sicherheitsgründen Punkt 6.1 der Notsituations-Vorschrift umgesetzt werden."
Klaus setzte noch die Bestätigung der Meldung ab und wand sich danach an uns, die wir um die beiden Piloten standen und sie mit fragenden Blicken ansahen. Das Ärzteteam war ebenfalls mittlerweile bei uns eingetroffen.
„Ihr habt ja noch den Schluss der Anweisung mitbekommen," begann er uns die Situation zu erklären. „Es ist so, dass es im Kuipergürtel zu einem ziemlich starken Zusammenstoß zweier sehr großen Asteroiden gekommen ist. Dabei ist einer der Beiden in viele Brocken zerlegt und aus seiner Umlaufbahn geschleudert worden. Die genaue Größe dieser Brocken steht noch nicht fest, aber die Richtung. Sie befinden sich auf dem Weg zum Mars. Da es durchaus sein kann, dass sie hier in

der Nähe einschlagen, müssen wir dem Plan zufolge Punkt 6.1 einleiten. Onko und ich hatten diese Situation in unserer Ausbildung trainiert. Wir müssen den Mars so schnell es geht verlassen. Dafür stehen uns etwa Acht Stunden zur Verfügung. Das bedeutet: Alles stehen lassen und nur nach 6.1 vorgehen. Wir treffen uns in einer Stunde im Wohnbereich und ich werde euch die Details mitteilen. Bis dann.."
Mir gingen, wie wohl allen Anderen wohl auch, Gedanken durch denn Kopf, die ich während meiner Berufung in das Astronautenteam, niemals in Betracht gezogen hätte. Für mich stand immer außer Frage, dass es ein erfolgreiches Unterfangen sein würde. Nun diese Bedrohung aus dem Weltraum - Es durfte nicht zu Ende sein!
Was ist mit Bella? Würde ich sie wiedersehen? Schnell verdrängte ich die Gedanken an sie.
Ich hatte die Hoffnung, dass dieser Kelch doch noch an uns vorbei gehen würde.
Pünktlich nach einer Stunde versammelten wir uns wieder im Wohnmodul. Klaus erklärte uns zunächst, was unter Punkt 6.1 stand: „Es muss zuerst unser „Building Dog" einsatzbereit gemacht werden." Dann wand er sich an mich: „Dazu gehört

ebenfalls den Reaktor dahingehend zu verändern, dass er uns die Energie für den Start hilfreichen Laserstrahl liefern kann.“ Ich nickte ihm wissend zu.
Danach verteilte er uns auf die verschiedenen Aufgaben. „Onko und Claude Pasqude und ich werden die Plane von unserem Raumgleiter entfernen. Onko wird auf Abruf mit dem Rover notwendige Fahrten übernehmen.“ An die Ärzte gewandt: „Ihr habt die Aufgabe zusätzliche Medikamente, notwendiges OP-Material mit dem dazugehörenden Equipment in den „Dog“ einzuladen. Hurako, Natascha und Ishan werden euch dabei helfen, und Onko wird eure Sachen transportieren.“
Der Maschinenbau-Ingenieur Kaiuto sollte mir helfen am Reaktor die erforderlichen Veränderungen für die Errichtung des Laserstrahles vorzunehmen.
Klaus beendete seine Anweisungen noch mit der Frage: „Hat jemand noch eine Frage?“ Als niemand sich meldete löste er die Versammlung mit dem aufmunternden Satz auf: „Los geht’s Leute! Ich bin sicher, es wird schon gut gehen!“
Wir „schlüpften“ in unsere Raumanzüge und machten uns auf, die Aufgaben zu erledigen.

Kaiuto und ich holten die für uns wichtigen Werkzeuge und den Resonator aus dem Material-Container. Der Resonator ist das Gerät in dem der Laserstrahl gebildet wird.
Als wir alles beim Reaktor hatten, hörte ich Kaiutos Stimme in meinem Helm: „Wir hatten das, was mir nun machen sollen ja im Training geübt, aber ich hatte damals schon nicht verstanden, was wir machten. Ich hoffe, dass DU wenigstens weißt, was du tust."
Ich konnte ihn beruhigen: „Keine Sorge, ich kenne mich damit gut aus. Verlass dich ruhig auf mich."

Nachdem der Resonator mit den Spiegeln versehen und mit dem notwendigen Gasgemisch befüllt war, wurde er zur Energieversorgung an den Reaktor angeschlossen. Dann wurde der Laserstrahl in eine vorgegebene Richtung ausgerichtet. Das, was sich hier in ein paar Sätzen liest, war aber auf dem Mars in unseren Anzügen eine schwierige und komplizierte Arbeit. Wir hatten immerhin Viereinhalb Stunden damit zu tun.
Nach insgesamt Fünfeinhalb Stunden trafen wir als letztes Team in dem Wohncontainer ein. Es herrschte eine angespannte Stimmung. Kaiuto schnappte sich einen der Klappstühle, während ich

mich auf die Sitzbank unter einem der Drei Fenster neben Natascha, Huroka und Anke setzte.
Klaus hatte inzwischen von der Erde neue Nachrichten über den Meteoritenrenregen.
„Die Leute auf der Erde sind sich sicher, dass unser Gebiet hier am Rand des Niederschlagsgebiet sein wird und das ganze Szenario nach Zwölf Stunden vorbei ist. Wir werden in einer diagonalen Umlaufbahn zum Äquator den Mars in Vierzigtausend Kilometern als Wartezone umrunden. Erst wenn die Erde uns mitteilt, dass alles vorbei ist, werden wir wieder hierher zurückkehren und unsere Arbeit fort setzen." An mich gerichtet stellte er die Frage: „Ist der Laser für unseren Start eingerichtet?" Ich nickte ihm wieder einmal zu. „Hat noch Jemand eine Frage?", wollte er wissen. Da keiner eine Frage hatte, forderte er uns auf unsere Anzüge anzuziehen und uns zum „Dog" zu begeben. Onko musste den Rover dorthin bringen, damit er in den Laderaum mittels eines der Kräne hineingehoben und so geschützt werden konnte. Wir hatten gerade alle unsere Anzüge an, da hörten wir alle über das Lautsprechersystem in unseren Helmen die Aufforderung des Kontrollzentrums: „Marsmission - sofort starten! Alles

stehen und liegen lassen und sofort, ich wiederhole sofort starten. In dem Meteoritenregen ist eine Strömung schneller fallender und vom üblichen Kurs abweichender Brocken gesichtet worden. Deren Aufschlaggebiet soll in der unmittelbaren Nähe von eurem Landegebiet sein. Ankunftszeit ist unbekannt. Wir warten auf eure Vollzugsmeldung."

Onko wollte aber nicht auf den Rover verzichten und war, wohl ahnend was auf uns zukam, schon kurz nach Beginn der Warnung voraus gegangen, um das Verladen in den „Building Dog" vorzubereiten. Als wir dann endlich dort ankamen, verschwand der Rover gerade in dem Laderaum. Wir nahmen unsere Plätze ein und die beiden Piloten startete die kleinen Triebwerke mit denen der Raumgleiter vom Boden abheben sollte und zu dem Laserstrahl gesteuert werden konnte. Dort waren wir nach einer Minute. Klaus manövrierte uns so, dass der Laserstrahl die Energiezufuhr für das aufzubauende Magnetfeld erzeugen konnte. Erst als das Magnetfeld in voller Leistungsstärke aufgebaut war, durfte er den Plasma-Antrieb starten. Der ganze Vorgang dauerte nur wenige Minuten, aber uns erschien es, als bliebe die Zeit stehen.

Während wir ganz allmählich in den Marshimmel aufstiegen, schlugen die ersten Asteroidenbrocken auf dem Mars ein. Wie es schien, war ihre Zerstörungskraft gewaltig. Nachdem Klaus das Plasmatriebwerk eingeschaltet hatte, konnten wir endlich aufatmen. Schnell gewannen wir im Steigflug an Höhe. In Dreißigtausend Kilometern Höhe sahen wir den Mars unter uns, und Klaus wechselte in den horizontalen Steigflug um auf die vorgegebene Umlaufbahn in Vierzig Kilometer Höhe zu gelangen. Wir befanden uns nun außerhalb des Gefahrenbereiches. Nach der ersten Umrundung im Orbit verringerte Klaus die Geschwindigkeit soweit, bis sie konstant gegen die Rotationsgeschwindigkeit des Mars war. So befanden wir uns immer gegenüber der Asteroideneinschlägen auf der anderen Marsseite

Dann wurden uns Satellitenbilder von den Einschlägen auf dem Mars übermittelt. So konnten wir genau erkennen wo und in welchem Ausmaß der Planet, der für ein Jahr unser zu Hause sein sollte, getroffen wurde. Nun wollte sich aber niemand festlegen, wie es weitergehen würde. Wir waren uns aber einig, dass wir auf jeden Fall zurück zu unserer Station fliegen würden. Wir wollten unbedingt wissen

wie groß eventuelle Schäden waren. Alle hofften, dass das United World Space Center uns für unseren Wunsch grünes Licht geben würde. Das was auf den Monitoren zu sehen war, ließ uns hoffen, dass unser Wunsch wohl in Erfüllung gehen könnte. In unserer Nähe zog einer der Marssatelliten seine Bahn. Er diente uns als Relaisstation zur Erde. Durch ihn waren gestochen scharfe Bilder der Marsoberfläche zu sehen. So erkannten wir, dass der erste Komet knapp, aber gut erkennbar einige Hundert Meter nördlich neben unserer Forschungsstation zu Boden ging. Es galt nun aber noch den Hauptniederschlag abzuwarten. Der lies nicht lange auf sich warten. Wir konnten aus sicherer Entfernung erkennen, wie riesige Brocken hinter dem Marshorizont verschwanden und Sekunden später Staubfontänen in den Himmel aufstiegen. Nach Fünf Stunden und Siebenundzwanzig Minuten war das Inferno vorbei.
Onko nahm Verbindung mit der Erdstation auf und meldete unsere Situation. Nach den üblichen Dreiundzwanzig Minuten Kommunikationspause kam die Aufforderung den Empfangskanal unserer Monitoranlage zu wechseln. Onko folgte der Anweisung. Es dauerte noch einige Minuten, dann tauchte das Gesicht eines

uns unbekannten Mannes auf. Mit freundlichem Gesicht sprach er zu uns: „Meine Damen und meine Herren, zunächst möchte ich mich vorstellen. Mein Name ist Alsko Üslund. Ich bin der Leiter dieser Marsmission und möchte ihnen zu der gelungenen Evakuierung gratulieren. Ich bin seit einigen Tagen ein interessierter Beobachter ihrer Arbeit in dem lebensfeindlichen Klima. Ich kann ihnen versichern, dass alle, die an dieser Mission beteiligt sind, ihre Tätigkeiten bewundern. In der jetzigen Situation, können wir noch nicht genau sagen wie es weiter geht." Er fuhr mit nun ernster werdender Stimme fort, und es klang, als würde uns etwas ganz schlimmes zugemutet: „Was aber schon beschlossen ist, das ist die Tatsache, dass sie noch einmal hinab auf den Mars müssen. Wir benötigen eine genaue Schadensanalyse. Dazu sind alle unsere zur Zeit verfügbaren Satelliten nicht in der Lage."

Wir schauten uns überrascht und erfreut an und klatschten uns ab. Unser Chef konnte ja auch nicht wissen, dass es genau das war, was wir uns erhofft hatten. Wir nahmen uns für unsere Antwort vor, sehr ernst in die Kamera zu schauen. Es sollte so aussehen, als wären wir ziemlich angespannt.

Der Chef fuhr mit seinem Statement

fort: „Verehrte Crew, ich darf ihnen nun für ihre weiteren Bemühungen Glück wünschen und hoffe sie alle gesund und wohlbehalten nach ihrer Rückkehr hier auf der Erde begrüßen zu können. Alles Gute!"
Danach verdunkelte sich der Bildschirm. Die Worte von der Erde waren ja schön und gut, aber wir wussten immer noch nicht wie es nun unmittelbar weitergehen sollte. Also nahm nun unsere Capitain Klaus wieder Kontakt zur Erde auf und fragte nach weiteren Anweisungen. Von den vorgenannten Zwölf Stunden waren nun Elf vergangen.
Als uns endlich die Antwort der Kommandozentrale erreichte, konzentrierten wir uns wieder auf die Nachricht. Ein Kollege aus dem Kontrollzentrum hatte Alsko Üslund vor der Kamera abgelöst.
„Hallo Leute, wie ihr ja vorhin vom Chef gehört habt, sind wir alle stolz auf euch. Nun zu eurer Frage, wie es weiter gehen soll:
Da uns der russische Wettersatellit Boroslow zur Zeit nicht zur Verfügung steht, er befindet sich im Moment im Marsschatten, haben wir mit dem ESA-Satelliten Morning-Light Verbindung aufgenommen. Dieser befindet sich aktuell in sehr günstiger Position zu der Marsstation. Seine Bilder sind

dahin aussagekräftig, dass ihr noch eine Marsumrundung macht und diese zum Landeanflug zu eurem Camp nutzt. Dann bitte eine Liste der eventuellen Schäden erstellen und Messungen des Klimas vornehmen. Wenn die Fakten hier auf der Erde ausgewertet wurden, werdet ihr darüber informiert, ob weiter gearbeitet wird oder nicht. Bis dahin alles Gute. Wir warten gespannt auf eure Angaben. By, by."

13. Marstag

„Also Team Marsmission, nehmen wir Anlauf für den Landeanflug," hörten wir nun die Stimme von Klaus in unseren Helmen. Er fügte noch scherzhaft hinzu: „Meine Damen und Herren, bitte von der Bahnsteigkante zurück treten. Der Zug fährt nun ab." Danach startete er den Antrieb um die „Heimreise" anzutreten. Zwei Stunden später, es war mittlerweile der 13. Marstag um Siebzehn Uhr, waren wir wieder auf dem Landeplatz unserer Station. Während wir zu den jeweiligen Arbeitsplätzen gingen, um vorhandene Schäden zu begutachten, luden die beiden Piloten den Rover wieder aus dem Bauch von „Building Dog" und deckten den Raumgleiter wieder mit der schützenden Plane ab.
Zunächst umrundeten wir skeptisch

unsere Module in denen wir unsere Werkstätten und den Wohnbereich hatten. Außer einer Staubschicht ließ sich von außen nichts erkennen, was auf eine Beschädigung hinwies. Aber den Dachbereich konnten wir nur von innen begutachten.

Die beiden Mediziner sahen sich in ihrem Mini-Krankenhaus um, Kaiuto und ich gingen in den Werkstattbereich um Schäden zu suchen. Die Geologin Natascha Bolenko und Claude Pasqude machte es in den Laboren. Wider erwartend kamen von Allen nur positive Meldungen.
Der Biologe Huroka Tscheng hatte es eilig sein Treibhaus in Augenschein zu nehmen. Als er zu uns zurückkehrte, war seinen Bewegungen zu entnehmen, dass auch er keine Beschädigungen zu melden hatte. Die Staubschicht, welche sich auf der Dachkuppel befand, war nach seinen Angaben von untergeordneter Bedeutung und leicht zu entfernen. Da wir nicht wussten ob die Funkanlage Schaden genommen hatte, setzte eine Klaus eine Meldung über den Zustand unserer Station ab. Erst wenn wir eine Antwort von der Erde bekämen, würden wir wissen, dass die Anlage in Ordnung war.
Uns wurde mit der Nachricht, dass die

Gefahr weiterer Meteoritenniederschläge vorüber war, geantwortet.
Wir atmeten alle beruhigt auf und Klaus meinte dann nur noch in seiner coolen Art: „Ihr habt es gehört: FEIERABEND!"
Spontan verfielen wir in einen „Beifallssturm".
Nun merkten wir auch, dass wir einiges an Schlaf nachzuholen hatten. Immerhin hatten wir fast Vierzig Stunden nur Action.
Die Uhr an der Wand zeigte uns die Marszeit. Es war Zwanzig-Uhr-Achtundierzig, und es wurde Zeit endlich schlafen zu gehen.
Bevor ich einschlafen konnte, wollte ich aber noch in meinen Gedanken bei meiner Bella verweilen. Jetzt da die Gefahr vorbei war, konnte ich mich ganz entspannt an ihr Lächeln erinnern und wunderbar einschlafen.

Am 14.Marstag
wurde, nach einem ausgiebigen langen Schlaf von Allen und einem opulenten Mittagsmahl, die Arbeit endlich wieder aufgenommen.
Während Claude und Huroka das aus dem Permafrost-Bodenproben gewonnene Wasser untersuchten, machte sich Natascha mit einer Steinpresse auf den Weg vielversprechendes Felsmaterial zu

finden. Sie wollte herausfinden, ob auch aus dem felsigen Marsboden Wasser in geringen Mengen heraus gepresst werden konnte.
Ishan Suomatan der indische Meteorologe startete einen mit Helium gefüllten Wetterballon. Dieser beförderte ein kompaktes Messgerät in den morgendlichen Marshimmel. Verschmutzung der Marsatmosphäre durch verschiedene Gase konnten mit diesem Gerät erfasst und die Daten zum Boden gesendet werden. Aber welche aktuelle Zusammensetzung die Atmosphäre hatte, war nicht weniger wichtig. Also ließ er noch einen zweiten Ballon mit dem notwendigen Messgerät hinauf steigen.

Die beiden Piloten überprüften nach unserer überstürzten Flucht und der Rückkehr sicherheitshalber den „Building Dog“ auf „Herz und Nieren“.

Sven und Anke, unser Ärzteteam, hatten schon am Vortag ihr Mini-Hospital wieder in Ordnung gebracht und konnten unsere neuen Gesundheitschecks vorbereiteten.

Die Messung des Magnetfeldes auf dem Boden wies keine Veränderung gegenüber der Zeit vor dem Meteoritenregen auf. So konnten Kaiuto und ich uns wieder

unseren Versuchen ein mobiles Magnetfeld zu schaffen, widmen. Mittlerweile hatten wir herausgefunden wo unsere Hauptprobleme lagen. Zum einen war die schwache Akkuleistung für unseren fehlenden Erfolg verantwortlich und zum anderen, in dem geringen Wirkungsgrad zwischen der Spule und dem Eisenkern in dem Aggregat.
Ich nahm mir vor, abends unseren Physiker Claude Pasqude zu fragen, ob er unsere Erkenntnis teilt.
Magnetfeldstärken werden in Tesla (T) gemessen. Das Magnetfeld der Erde hat an der Oberfläche nur eine Stärke um 40µT, und wir schaffen nicht einmal 10µT. Das konnte so nicht weiter gehen. Das National High Magnetic Field Laboratory in Florida, hatte ein Magnetfeld mit 45T erzeugt.
Mein Wunsch war, dass sie uns ein wenig davon abgeben könnten. Aber das war leider ein nicht durchführbarer Wunsch.
Am 3. Tag unserer Rückkehr hatte sich der Tagesablauf wieder normalisiert. Claude Pasqude hatte uns neue Denkanstöße für unser künstliches Magnetfeld geben können. Dadurch konnten wir kleine Fortschritte verzeichnen.
Claude und Natascha hatten ein Destillationsverfahren zur Reinigung des Wassers aus dem Permafrost-Boden

entwickelt. Dieser Dauerfrostboden war einem Areal entnommen worden, welches ein frühzeitliches Flussbett gewesen sein konnte. Diese Annahme entstand nach den ersten Bildern, die von verschiedenen Rover-Robotern aufgenommen wurden.
Natascha war außerdem in der Lage durch ihre Steinpresse gewonnenes Wasser zu präsentieren. Natürlich war die Ausbeute nicht so groß, wie die des Permafrostbodens, den sie und Claude aus dem Flussbett mitgebracht hatten, aber das Felswasser war durchaus eine zusätzliches Wasserquelle. Zumal die Qualität deutlich besser war, als die aus dem Permafrostboden.
Wieder ging unsere Arbeit in den vorgegebenen Ablauf über.
Dazu kamen noch die üblichen Gesundheits- und Fitnesstests und unsere täglichen Berichte über unsere Erfolge bzw. Misserfolge an die Erde.
Für den **21.Tag**
unseres Aufenthaltes auf dem Mars war eine gemeinsamer Ausflug zu einer nahen Gebirgskette geplant.
Früh am Morgen nahmen wir frohgelaunt unsere Plätze im Rover ein. Dr. Anke Nejes blieb alleine im Camp zurück.
Nach einer Stunde und Zwanzig Minuten Fahrt kamen wir am Fuß des Felsmassives an. Die Geologin Natascha, die auch die

Leitung dieses Unternehmens hatte, machte uns auf eine Höhle in etwa Dreißig Metern Höhe aufmerksam. Sie war das Ziel unseres Ausfluges.
Jeder bekam ein Dreißig Meter langes Bergsteigerseil und einige Karabinerhaken, um uns gegebenenfalls in unsicherem Terrain gegenseitig sichern zu können. Zum Erstaunen Aller verband Natascha ihren Geologenhammer mittels Klebeband mit einer Metallstange die sie auf dem Rover gefunden hatte. Warum diese sich dort befand, wusste niemand, aber das war eigentlich in dem Moment egal. Dass sie aber das Klebeband mitgenommen hatte, zeugte von ihrer Voraussicht. Dennoch konnte sich keiner vorstellen, warum sie den Hammer verlängert hatte.
Da ein flacher Anstieg zum Eingang führte, konnten wir, trotz unserer Anzüge, weitgehend problemlos dorthin gelangen. Als wir oben angekommen waren, zeichnete es sich aus, dass der Hersteller der Helmes an Beleuchtungsanlagen gedacht hatten, denn in der Höhle war es nach einigen Metern stockdunkel. Im Licht unserer Helmlampen sahen wir einen etwa Zwei Meter hohen Gang der mit leichtem Gefälle in den Berg hinein führte.
„Leute," wir hörten Nataschas Stimme aus unseren Helmlautsprechern, „wir

wissen nicht wie es in dem Gang weiter geht. Ich denke, dass es besser ist, wenn wir uns vorsichtshalber mit unseren Seilen verbinden." Wir gehorchten wie eine Schulklasse. Sie betrat als Erste den Gang in das Ungewisse. Mit dem verlängerten Hammer klopfte sie bei jedem Schritt die Decke, die Wände und den Boden ab. Ich fragte mich, warum sie dieses tat, als schon ihre Erklärung in unseren Helmen zuhören war: „Ich kann an dem Klang des Steins erkennen, ob der Fels fest ist, und ob sich unter uns ein einsturzgefährdeter Hohlraum befindet." Nun wussten wir Bescheid.
An einer Weggabelung wartete sie bis wir alle wieder zusammen waren und wollte uns gerade mitteilen in welche Richtung sie beabsichtigte weiter zu gehen. Doch bevor sie ein Wort sagen konnte, vernahmen wir ein Grollen. Ein Zittern des Boden unter uns machte uns deutlich, dass wir uns in einer gefährlichen Situation befanden. Die ersten Brocken brachen aus der Decke über uns. Auch an den Seiten lösten sich kleinere Felsstücke.
„Sofort die Seile lösen und dann alle raus hier!", Klaus hatte wieder das Kommando übernommen. Wir hakten die Karabinerhaken aus den Seilen und machten, dass wir zum Eingang der Höhle

gelangten. Als wir am Eingang des Gewölbes ankamen und die Landschaft unter uns sahen, mussten wir erkennen, dass wir uns am Rand eines Marsbebengebietes befanden.
Da der Mars keine tektonischen Platten hat, entstehen Marsbeben durch eine regionale Abkühlung des bis zu Fünfzig Kilometer dicken Gesteinsmantel. Dieser zieht sich zusammen, und in die dadurch entstandenen Hohlräume bricht die Marskruste ein. Die entstandenen Spannungen weiten sich als Beben auf der Oberfläche aus.

Der Rover, Dreißig Meter unter uns, schaukelte verdächtig. Es waren aber noch keine Risse im Boden erkennbar. Im Gegensatz zu dem was sich in der weiteren Entfernung zeigte.
Klaus fragte ob wir alle ok waren, doch Ishan Suomatan, der „Wetterfrosch", hielt seinen linken Arm im Bereich des Ellenbogens und meldete, dass sein Anzug bei einem Anprall an der Stollenwand einen Riss bekommen hat. Er versuchte zwar mit der rechten Hand den Riss abzudecken, aber es entwich dennoch stetig der Druck aus dem Anzug. Wieder erwies sich Natascha, Dank ihres Klebebandes, als rettender Engel. Schnell war sie damit zur Stelle und wickelte einige Lagen über den Riss.

Der Druck in Ishans Anzug begann wieder zu steigen. Bei 0,8 Atmosphären-Druck öffnete er sein Ablassventil um das Klebeband nicht über Gebühr zu belasten. Die Versorgung mit Atemluft war ja durch die Pressluftflasche gesichert.
„Was sollen wir nun machen?", wandte sich Klaus erneut an uns: „Die sichersten Stellen bei einem Erdbeben sind in der Regel Berge, aber dort unten steht unser Rover. Wenn wir den verlieren ist auch unser Aufenthalt hier auf dem Mars gefährdet. Wer ist dafür, dass wir ihn ein Stück den Anstieg herauffahren?"
Bei keiner Gegenstimme musste nun darüber entschieden werden, wer von den beiden Piloten dieses tun sollte. Es war nicht ungefährlich, denn niemand wusste, wann sich vielleicht ein weiterer Bodenspalt in unserer unmittelbarer Nähe auftun würde. Der Rover wäre dann unter Umständen nicht mehr erreichbar. Wobei die Fahrt zum Berg auch nicht einfach sein würde. Die Piloten eigneten sich auf einen Losentscheid.
Klaus musste den Rover holen!
Vorsichtig machte er sich an den Abstieg. Es herrschte immer noch ein „unterirdisches" Grummeln und leichtes Vibrieren des Bodens. Wir Anderen

wollten an diesem Tag aber nicht noch einmal in die Höhle einsteigen und beschlossen unserem Capitain zu folgen. Er erreichte weit vor uns den Fuß des Felsmassives und überwand schnell die kurze Strecke zum Rover. Sicherheitshalber zog er seinen Raumanzug nicht aus. Er konnte durchaus auch so den Rover steuern. Es war nur vernünftig, so zu verfahren.
Da er von unserem Entschluss umzukehren nichts wusste, war er erstaunt uns unten vor Berg zu sehen. Onko informierte ihn über unsere Planänderung. Klaus stimmte unter den gegebenen Umständen zu: „Ok, kommt ´rein, aber lasst eure Anzüge an. Sicher ist sicher." Er war sich klar darüber, dass auf ihn und einem noch zu bestimmenden Crewmitglied später eine unangenehme Arbeit zu kam. Unsere Anzüge waren natürlich mit einer leichten Staubschicht bedeckt. Da noch nicht fest stand in welchem Maß dieser für uns schädlich war und sich ein Teil davon im Innenraum des Rovers verteilen würde, war es später notwendig mit Vakuumsaugern den gesamten Innenraum zu säubern. In der Zwischenzeit hatte sich der Boden unter uns beruhigt, und wir machten uns einigermaßen entspannt auf den Weg zurück zu unserer Station. Gott sei Dank war unser Heimweg von dem

Marsbeben verschont worden. Im Camp angekommen fuhr Klaus direkt zum Reaktor um die Akkus zusätzlich zu den Sonnensegeln mit neuer Energie zu versorgen. Danach marschierten wir gemeinsam zu unseren Wohnmodulen.
Anke Nejes die zurückgelassene Ärztin war ziemlich verwundert uns schon nach so kurzer Zeit wieder zu sehen. In der Schleuse entledigten wir uns der verschmutzen Anzüge. Der von Ishan musste sofort gereinigt und repariert werden. Das wollte er nach einem Becher Kaffee machen. Klaus setzte Anke vom Grund unserer Rückkehr in Kenntnis und wollte natürlich wissen, ob sie etwas von dem Beben gespürt hatte. „Nein nein, hier war alles ruhig," antwortete sie und weiter: „Ist euch etwas passiert? Ist jemand verletzt?"
Ich klärte sie darüber auf, dass nur der Anzug von Ishan einen Schaden genommen hatte, und dass Natascha den Riss mit Klebeband geflickt hatte.
Obwohl die Uhren zeigten, dass Essenszeit war, hatte keiner rechten Hunger. So genügte uns ein Becher Tee oder Kaffee als Ersatz.
Onko setzte sich mit der Erde in Verbindung um die Mitarbeiter dort von unserem Marsausflug und deren Ausgang zu informieren.
Außerdem verlangte er Auskunft darüber,

wie mit dem Raumanzug weiter verfahren werden sollte.
Prompt nach Dreiundzwanzig Minuten erschien auf dem Bildschirm ein Mitarbeiter der Erdstation. Freundlich lächelnd begrüßte er uns und kam danach sofort zur Sache: „Zunächst haben wir uns darüber gefreut, dass Niemand von euch verletzt wurde. Wir sind über das Beben von seismologischen Messgeräten, die schon früher von Marssonden ausgesetzt hatten, informiert worden. Im Epizentrum betrug die Stärke Sieben-Komma-Acht. Da habt ihr verdammt Glück gehabt. Ob der Anzug von euch repariert werden kann, muss noch ermittelt werden. Sobald wir genaues wissen, werdet ihr informiert. Ishan Suomatan kann ja seinen Ersatzanzug benutzen. Wenn eure Reinigungsarbeiten abgeschlossen sind, steht euch der Rest des Tages zur freien Verfügung. Wann und ob ihr noch einmal zu der Bergkette fahren müsst, wird noch geklärt. Also, macht euch einen schönen Abend."
Er hob grüßend die rechte Hand und verschwand vom Bildschirm.
Anschließend war die Reinigung des Innenraumes vom Rover und der Anzüge angesagt. In der Schleuse des Containers befand sich für diese Arbeit eine leistungsstarke Absaugeinrichtung. So einfach hatten es Onko und der Pilot

Klaus bei ihrer Roverreinigung nicht. Ihnen standen nur mobile Staubsauger zur Verfügung. Wer jemals einen Kleinbus von innen gereinigt hat, kann nachempfinden, wie schwierig das ist. Erst Recht, wenn dabei ein Atemschutz-Gerät getragen werden muss.
Zum Ende des Arbeitstages machte jedes Team noch Routinetätigkeiten. Ishan Suomatan nahm neue Daten von seinem Heliumballon auf. Huroka Tscheng schaute nach dem „Wachstum“ seiner mikrobiologischen Parkanlage. Kaiuto und ich berieten wie wir am nächsten Arbeitstag mit unserem Sonnenschirm weiter vorgehen wollten, und Claude ging Natascha bei der Wassergewinnung zur Hand.
Den Abend verbrachten wir jeder auf seine Art. Einen Film ansehen, lesen, und Anke Nejes übte wie fast jeden Abend auf ihrer mitgebrachten Gitarre in ihrem Zimmer. Ich konnte endlich etwas anderes in mein Tagebuch schreiben. Dabei erwischte ich mich immer öfter, dass ich an Bella dachte. Wie mochte es ihr wohl ergehen? Ich schaute auf die Uhr mit der Erdzeit und erkannte, dass sie nun wahrscheinlich an ihrem Arbeitsplatz war. Als ich endlich meine Aufzeichnungen beendet hatte, nahm ich ein Blatt Papier und schrieb ihr einen kurzen Brief, wohl

wissend, dass ich ihn nicht abschicken konnte.

„Meine geliebte Bella,
nun sind wir erst Einundzwanzig Tage auf dem Mars, und ich weiß jetzt schon nicht, nach einer so kurzen Zeit, wie ich die nächsten Monate ohne Dich überstehen soll. Jeden Abend bevor ich einschlafe, schaue ich mir Dein Bild an und rede mit Dir. Leider kannst Du mir nicht antworten, doch ich bilde mir einfach ein, dass Du es doch machst. Ziemlich verrückt, oder?
Wir hatten gestern ein kleines Problem mit dem Wetter, aber es geht uns allen gut, und wir sind guter Dinge. Unsere Arbeit geht gut voran und macht allen Spaß. Über persönliche Gefühle wird nie gesprochen. Wenn es einem ´mal schlechter geht, dann macht man sich bewusst, dass wir die ersten Menschen auf dem Mars sind. Das baut uns dann wieder auf.
Nun mein Schatz, geht es mir besser, da ich Dir diesen Brief geschrieben habe.
Ich liebe Dich und freue mich auf unser Wiedersehen!!
Dein Eddi“

Am 22.Marstag
baten Claude und Natascha den Biologen Huroka Tschengs sich einmal ihre Wasserproben anzuschauen. Natascha hatte unter dem Elektronenmikroskop

etwas entdeckt, was nach ihrer Erkenntnis irgend eine Form von Leben sein konnte. Mit dieser Bitte hatte sie uns alle neugierig gemacht.
Natürlich war Huroka sofort bereit. Die Drei verschwanden in dem Laborcontainer. Natascha legte eine der in Frage kommenden Proben in das Mikroskop. Die Probe war aus 6 m Tiefe. Huroka erkannte sofort, dass es sich um Einzeller handelte. Sie hatten Ähnlichkeit mit den auf der Erde vorkommenden „Pantoffeltierchen". Er war ganz aus dem Häuschen. Er wollte wissen, ob noch mehr dieser Proben gefunden wurden. Natascha bejahte dieses. Sie konnte ihm auch sagen, dass sich die Anzahl dieser Mikroben erhöhte, je tiefer die Proben waren. Der Biologe bat darum einige mit in sein Labor nehmen zu dürfen. Er wollte die Lebewesen isolieren und ihre weitere Entwicklung in eine Nährlösung beobachten. Natascha stellte ein Sortiment von Neun Proben zusammen, wovon jede aus einer anderen Tiefe des Permafrost-Boden stammte. Jeweils in Ein-Meter-Schritten. Alles andere lagerte sie weiter in der Tiefkühlung.
Nachdem Huroka die Beiden verlassen hatte, konnten sie sich wieder der Gewinnung von trinkbarem Wasser widmen. Ihre Untersuchungen hatten bestätigt,

was ja hinlänglich schon bekannt war, dass der Boden einen sehr hohen Anteil an Eisen besaß. Außerdem befanden sich sehr große Anteile an Schwermetallen in den Wasserproben, die es für den menschlichen Verzehr ungeeignet machten. Es lag nun an ihr, es genießbar zu machen. Das Wasser wurde zunächst mit einem Druckverfahren aus dem Permafrost gewonnen, welches auch für die Wassergewinnung aus Felsen genutzt wurde. Dann durch mehrere Destillationen und Membranfiltern gereinigt. Nach einer abschließenden Qualitätskontrolle sollte das Wasser genießbar sein. Für eine Konservierung und Lagerung wurde es zu je Ein-Liter-Portionen wieder eingefroren. Um das Wasser für den menschlichen Verzehr wertvoller zu machen, war vorgesehen, vor dem Gebrauch Nahrungsergänzungstabletten beizufügen. Das gleiche geschah mit dem zurückgewonnenem Wasser aus der Atemluft und „sonstigen" Flüssigkeiten. Für die Bewässerung der Pflanzen wurde eine gesonderte Düngung zugesetzt.
Die beiden Piloten hatten außer der Kontrolle des „Building Dog" auf Einsatzfähigkeit und Berichterstattungen zur Erde, keine weitere fachbezogenen Aufgaben. So konnten sie als „Springer" immer dort

eingesetzt werden, wo eine helfende Hand fehlte.
An diesem Tag hatten Klaus und Onko die Aufgabe übernommen dem Biologen Huroka bei seinen Anpflanzungen im Treibhaus zu helfen. Zumal dieser an dem Tag intensiv auf der Suche nach den „Pantoffeltierchen" war. Man konnte seine Bemühungen schon beinahe als übertrieben ansehen.
Der Biologe hatte sie eingewiesen in die Kunst des Anpflanzens. Sie sollten im Treibhaus zunächst Einhundert Pflanzensetzlinge in die dafür vorgesehene Erde einsetzen. Huroka bat, wenn sie danach noch Zeit hätten, bestimmte Pflanzensamen in mit unterschiedlichen Nährstoffen angereicherten Beete auszusäen.
Die Ärzte bereiteten den nächsten, am Nachmittag stattfindenden, Fitnesstest für alle vor.
Bei Kaiuto und mir stellte sich die Arbeitssituation folgendermaßen dar: Wir hatten beschlossen ein neuen Sonnenstrahlen-Schutzschirm zu konzipieren. Das bedeutete für ihn, dass er wieder zum Schweißgerät und Eisenstangen greifen musste. Ich hatte ihm eine vermeintlich bessere Ausführung skizziert. An mir lag es nun, die Elektronik so zu verbessern, dass die Werte, des zukünftigen

Magnetfeldes unter dem Schirm, denen auf der Erde nahe kamen.
So erschien diese Tag nicht so ganz von Routine erfüllt zu werden. Um es aber vorweg zu nehmen: Bei Kaiuto und mir wollte sich ein durchschlagender Erfolg an diesem Tag noch nicht einstellen. Wir hatten zwar ein neues Model fertigstellen können, aber für einen zufriedenstellenden Test reichte die Zeit, wegen der angesetzten Fitnesstests, nicht mehr. Wir wollten frisch und ausgeruht am 23.Tag unsere Tests machen.

Der 23.Marstag
begann für alle mit einer bösen Überraschung.
Huroka ging es gar nicht gut. Er hatte sich in der Nacht einige Mal übergeben müssen und Fieber bekommen. Das Ärzteteam kümmerte sich sofort und intensiv in der Krankenstation um ihn. Er wurde sicherheitshalber in dem Quarantänebereich isoliert. Die Ärzte vermuteten einen Infekt durch die Pantoffeltierchen. Obwohl diese Einzeller nur entweder durch direkte Aufnahme mit Speisen oder durch Tröpfchen übertragen werden, wollten die Mediziner auf Nummer sicher gehen. Während Dr. Anke Nejes dem Kranken erst einmal ein fiebersenkendes Mittel

verabreichte, erkundigte sich ihr Kollege Dr. Sven Högeström bei uns, was er zuletzt gegessen hatte. Es stellte sich heraus, dass er ebenfalls nur von dem gegessen hatte, was ich auch gegessen hatte. Mir ging es aber gut. So musste die Ursachen für das Befinden des Astrobiologen woanders zu suchen sein. Als nächstes festigte sich die Annahme, dass der Grund in seiner Tätigkeit mit dem Marswasser lag. Vielleicht waren die Einzeller in dem Wasser doch keine harmlosen „Pantoffeltierchen" sondern Krankheitserreger gegen die unsere prophylaktischen Schutzimpfungen auf der Erde uns nicht schützten. Leider war Huroka, bedingt durch das mittlerweile hohe Fieber, nicht mehr ansprechbar. Kurzer Hand entschloss sich Dr. Sven Högeström im Biologielabor die Einzeller anzusehen und sie mit einem der vorrätigen flüssigen Antibiotika abzutöten. Da er auch einige Jahre in der medizinischen Forschung tätig war, trauten wir ihm sein Vorhaben durchaus zu. Er schnappte sich einige Präparate und bat Natascha Bolenko, die ja diese Mikroorganismen schon gesehen hatte, mit in Hurokas Labor zukommen. Sie war die einzige von uns nicht Medizinern, die dem Arzt helfen konnte.

Anke versuchte derweil das Fieber mit Medikamenten und Eiswickeln unterstützend zu beeinflussen.
Klaus setzte vorsichtshalber einen Lagebericht mit den abschließenden Worten: „...sobald wir mehr wissen, melden wir uns“, zur Erde ab.
Während dessen hatte Anke von dem Kranken eine Blutprobe entnommen, um sie in dem Labor des medizinischen Bereiches zu untersuchen. Sie kam nach einer halben Stunde mit ernster Mine und folgender Nachricht zu uns zurück: „Der Befund ist positiv. Huroka hat Protozoen in seinem Blut. Die meisten Protozoen, also Pantoffeltierchen, können einfach in einer Blutprobe unter dem Mikroskop erkannt werden. Dazu macht man einen Ausstrich auf ein Glasplättchen und fügt eine geeignete Färbung hinzu“.
Nun warteten wir nur noch auf das Ergebnis von den Bemühungen und Erkenntnissen die Sven und Natascha uns mitteilen würden. Inzwischen war die Mittagszeit angebrochen. Ich schaute mich in der Runde um und konnte feststellen, dass keiner Anzeichen von Hunger zeigte. In späteren Gesprächen erfuhr ich, dass es vielen so erging wie mir und sie sich fragten:`Was ist mit mir? Hat Huroka uns vielleicht angesteckt? Hat er Gestern Abend

irgendwann genießt? Bei diesen Gedanken holte mich die Stimme von Anke zurück in die aktuelle Situation: „Ich möchte euch schon jetzt darauf vorbereiten, dass es nötig ist euer Blut ebenfalls zu untersuchen. Um eine zuverlässigere Diagnose stellen zu können, muss dies täglich über mehrere Tage geschehen. Wir wissen nicht wie sich die Inkubationszeit darstellt. Wir fangen gleich damit an. Je eher wir Bescheid wissen, um so besser. Ich bereite die Entnahmen vor und ihr kommt dann bitte in Fünfzehn Minuten einer nach dem anderen in unsere „Zapfstelle"". Danach überließ sie uns unseren trüben Gedanken.
Sven Högeström und Natascha Bolenko waren während des Vortrages von Anke zu uns zurückgekommen und hatten eine weitere schlechte Nachricht. Sven übernahm die Erklärung seiner Versuche die Pantoffeltierchen abzutöten: „Leider haben sich die vorliegenden Protozoen als resistent gegen unsere Antibiotika erwiesen. Wir können nur hoffen, dass seine Antikörper den Kampf gewinnen. Hier können wir nichts weiter tun, als sein Fieber durch Kühlung in einem erträglichen Maß zu halten."
Sven ging zu seiner Kollegin um sie von der neuen Situation zu informieren.

Es herrschte betroffenes Schweigen. Irgend jemand lies sich zu einem Kommentar mit dem Wort: „Scheiße," hinreißen.
Ich stand nach einem tiefen Durchatmen mit den Worten: „Ich gehe dann ´mal zur „Zapfstelle"," auf. Mir folgten nacheinander die Anderen. Als letzter war Klaus an der Reihe. Er hatte vorher die Erde von unserer akuten Lage informiert. Die Wartezeit auf eine Antwort überbrückten wir mit der Diskussion wie sich Huroka infiziert haben könnte, zumal dies nur mit der Übertragung von Flüssigkeiten machbar war. Zumindest auf der Erde.
Wir waren gespannt, was die Leitung der Marsmission auf der Erde veranlassen würde. Keiner konnte sich vorstellen, dass unsere Arbeit abgebrochen werden sollte. Es machte keinen Sinn mit dem Kranken die Rückkehr zu starten. Ob er die wochenlange Reise überleben würde, war nicht sicher. Zumal wir ihn im „Building Dog" keine Möglichkeiten hatten ihn solange kühlen zu können. Falls er auf dem Mars sterben sollte, könnten wir ihn für eine Bestattung auf der Erde einfrieren. Natürlich lag auch eine Beerdigung auf dem Mars im Bereich des möglichen. Er wäre dann der erste Mensch mit einer Grabstätte auf dem Mars. Ein bemerkenswerter, wenn auch

trauriger Namensbeisatz. Mir wurde bewusst, wie winzig und hilflos wir Menschen, im Vergleich zu den gefahren der Natur, sind. Es gelang uns eine Entfernung von 55-60 Millionen Kilometer durch das Weltall zu überbrücken, aber ein kleines „Pantoffeltierchen" brachte unser ganzes Unternehmen in Gefahr es zu beenden. Unser Gedankenaustausch wurde durch das Erscheinen von Anke unterbrochen. Nach Zwei Schritten in den Raum blieb sie stehen und blickte kurz in die Runde. Erwartungsvoll schauten wir sie an. Konnte sie uns eine positive Mitteilung über das Befinden unseres Kollegen machen? Wahrscheinlich erkannte sie die Frage in unseren Gesichtern, denn sie stellte sachlich, wie es Ärzte immer tun, fest: „Die Temperatur von Huroka ist seit einer Stunde stabil. Er befindet sich nun unter einem quarantänesicheren Sauerstoffzelt. Des weiteren ist er an den Überwachungsgeräten der Intensivmedizin angeschlossen. Wenn sich etwas gefährlich verändert, wird mir das auf diesem Alarmmelder signalisiert." Dabei zeigte sie auf ein Gerät, das einer Armbanduhr ähnlich war, an ihrem rechten Handgelenk. Sie wandte sich an Klaus fuhr fort: „Sven und ich werden nun abwechselnd Dienst

machen. Aber auf Dauer wird das nicht reichen. Es wird mindestens noch eine Person für eine dritte Schicht benötigt.
Diese würde einen von uns im Bedarfsfall wecken."
„Ab wann?", wollte unser Captain wissen.
Anke überlegte kurz und meinte: „Sven und ich waren uns einig, dass es am besten wäre, wenn wir für die Schicht von Vierzehn- bis Zweiundzwanzig Uhr jemanden hätten. Also ab Morgen-Mittag."
Klaus nickte zunächst stumm und meinte danach nur: „Geht klar, Ich bin morgen um Vierzehn Uhr bei euch." Kaum hatte er geendet meldete sich die Erde. Da der Monitor an der Wand gegenüber von Anke stand drehten wir uns nun gespannt um und erwarteten das, was uns das Kontrollzentrum auf der Erde mitzuteilen hatte.
Ein noch nicht auf dem Monitor gesehener Mitarbeiter machte ein ernstes Gesicht, was ich als keine gute Verheißung deutete.
Seine Stimme klang mitfühlend, ja beinahe traurig, als er zu uns sprach: „Hallo ihr da oben auf dem Mars, ich habe die Aufgabe euch den Beschluss des Marskontrollzentrums bezüglich des erkrankten Kollegen mitzuteilen.

Es wird ausgeschlossen die Mission abzubrechen, da der erforderliche sichere Transport nicht möglich sein wird. Das Ärzteteam hier hat beschlossen, dass eine Selbstheilung auf dem Mars wahrscheinlicher ist als die wochenlange Reise zu überleben. Bei der Schwerelosigkeit würde es sicher zu einem tödlichen Versagen verschiedener inneren Organe kommen. Falls es zu einem negativen Verlauf der Krankheit kommt, wurde nach Rücksprache mit seinen Eltern ein Verbleib auf dem Mars beschlossen. Nach deren Aussage war es der größte Wunsch des Kollegen auf dem Mars leben zu können. Wenn dies leider nicht mehr möglich sein sollte, würden die Eltern ihm wenigstens den ewigen Frieden auf seinem Wunschplaneten wünschen.
So, das war von dieser Stelle zu dem unschönen Thema.
Alles weitere kommt wieder wie gehabt von der Rechenzentrale.
Adieu Leute und alles Gute. Gott sei mit euch!"
Die Rechenzentrale hatte wohl keine Mitteilungen an uns, denn der Bildschirm blieb dunkel.
„Ein negativer Krankheitsverlauf und ein Verbleib auf dem Mars - So kann man den Tod eines Kollegen und seine Beerdigung auch bezeichnen," konnte ich

mir nicht verkneifen sarkastisch zu sagen.
In der entstanden Stille ergriff Klaus das Wort: „So, das ist nun auch geklärt," seine Stimme wurde wieder sachlich als er uns den weiteren Arbeitstag erklärte: „Ob wir wollen oder nicht, wir müssen nun Nahrung zu uns nehmen. Das ist notwendig um die erforderliche Menge an Nährstoffen für unsere weitere Arbeit und gegebenenfalls wichtige Abwehrkräfte als Schutz vor Krankheiten hier zu gewährleisten. Also ran an den Kühlschrank!" Seine letzten Worte waren eigentlich spaßig gemeint, doch niemand ließ sich zu einem Lächeln hinreißen.
Etwas widerwillig gehorchten wir seiner Anordnung. Er hatte ja recht. Ohne genügend Nahrungsaufnahme würden wir unsere Aufgaben nicht ordnungsgemäß erfüllen können.
Am späten Nachmittag konnten Kaiuto und ich einen ersten Versuch mit dem überarbeitetem Strahlenschutzschirm und einer verbesserten Effektivität abschließen. Wir waren immerhin inzwischen bei 27 Micro-Teslar Magnetfeldstärke angekommen.
Das hatten wir durch eine Verstärkung des Generators geschafft.
Wir waren sicher, am folgenden Tag, die

erforderlichen 40µT zu erreichen.
Klaus bestätigte noch den Empfang der letzten Meldung an die Erde und machte sich danach mit seinem Co-Piloten auf den Weg ins Treibhaus. Dort gab es noch etliche der zu pflanzenden Setzlinge in die Bodenfläche zu stecken.

Natascha und Claude begaben sich wieder zu ihren Versuchen mit dem Permafrostboden. Dieses Mal versuchten sie mit Wärme Wasser zu gewinnen. Zunächst mussten sie die Proben erhitzen, damit das gefrorene Wasser auftauten konnte. Vor einer Untersuchung wollten sie sicherheitshalber dieses Mal das Wasser zum kochen bringen. Sie glaubten zwar nicht daran, dass das Wasser dadurch keimfrei sein würde. Aber warum keiner von uns vorher je auf die Idee gekommen war, das gewonnene Wasser abzukochen, habe ich bis Heute nicht verstanden. Auf der Erde wäre das die erste Maßnahme gewesen.
Die beiden Kollegen wollten unter größten Vorsichtsmaßnahmen und einem Atemluftfilter zunächst einen kleinen Test machen. Vielleicht konnte dabei schon festgestellt werden, bei welcher Temperatur die Mikroben eventuell absterben oder überleben. Falls sie bei kochendem Wasser nicht absterben,

mussten sie sich etwas anderes einfallen lassen.
Und so kam es auch. Die Pantoffeltierchen freuten sich immer noch des Lebens. Zunächst bedeutete es, dass die eingefrorenen Wasserportionen wieder aufgetaut werden mussten. Eine Untersuchung nach Pantoffeltierchen musste vorgenommen werden. Bei dem einfrieren war der Kollege ja noch nicht infiziert, aber er hatte ja später seine Untersuchung mit dem Wasser gemacht.
Es stellte sich nun die Frage, ob die Einzeller auch ohne Wasser weiterleben konnten. Wenn ja, konnte man sie weiter trocken erhitzen, bis fest stand bei welcher Temperatur ihr Tod eintrat.
Es gab die Vermutung, dass alternativ zum Permafrostboden Salzlake-Bäche auf dem Mars fließen. Ein NASA-Forscher sprach von einem „bedeutenden Fortschritt". Die Bäche würden demnach entstehen, dass über salzhaltigem Boden die Salze Luftfeuchtigkeit absorbieren und so eine Salzwasserlösung entsteht. Der hohe Salzgehalt sorgt dafür, dass die Wasserlösung trotz der niedrigen Temperaturen nicht gefriert. Nur konnten wir aus dieser Erkenntnis noch keinen Nutzen ziehen, denn diese Bäche entstanden im Frühjahr, wurden im Sommer größer und verschwanden im

Herbst. Leider begann unsere Anwesenheit auf dem Mars kurz vor einem Herbst. Somit stand fest, dass sich unsere Mission sich erst im Jahr 2031 intensiv mit dieser zeitaufwendigen Art der Trinkwassergewinnung befassen konnte.

Bis zum **29. Marstag**
hatten wir die letzten Tage damit verbracht die uns zugedachten Aufgaben zu erfüllen. Jedoch ohne bahnbrechende neue Erkenntnisse.
Ishan hatte bei seinen Messungen in der Atmosphäre besonders hohe Methanwerte festgestellt. Dies war eine große Überraschung, denn Methan entsteht bei biologischer Verwesung. Aber auf dem Mars gab es keine Biologie.
Verschiedene Sonden hatten schon vor unserem Aufenthalt erste Erkenntnisse dieser erhöhten Methanvorkommen gesammelt.
Durch detaillierte Messungen konnte Ishan nun die einzelnen Konzentrationen aus unterschiedlichen Höhen in seiner Meldung zur Erde angeben.
Natascha und Claude hatten zunächst noch keine zuverlässige Aussage über das Ableben der Pantoffeltierchen machen können.
Das Ärzteteam war weiterhin bemüht den Kranken am Leben zu erhalten. Wenn das

Fieber weiter an seiner Konstitution nagte, wurde er über Sonden künstlich ernährt. Medikamente, die seine Temperatur stabilisierten, bekam er intravenös.
Außerdem mussten unsere Fitnessübungen mit anschließenden Tests weiter geführt werden.
Kaiuto und ich hatten zwar die erforderlichen 40 µT erreicht, aber die Konstruktion war noch alles andere als alltagstauglich oder gar zweckmäßig.
Unsere Piloten „schufteten" im Treibhaus, wenn sie nicht gerade „Building Dog" auf Funktionsfähigkeit überprüften oder sich mit der Erde „unterhielten".
Ishan Suomatan der Meteorologe wurde zum Bodenanalytiker umfunktioniert. Die Erde hatte ihm mitgeteilt, dass er aus unterschiedlichen Bodenschichten Klimabestimmungen der Vergangenheit machen sollte. Eventuell ließe sich daraus eine Vorhersage für Wetterphänomene erstellen. Also nahm er sich den akkubetriebenen Minibagger aus dem Maschinen-Container und machte Loch in den Boden. Natascha hatte ihm später geholfen die Bodenschichten zu deuten. Bei einer Tiefe von Drei Metern stieß der Bagger auf einen felsigen Untergrund. Natascha nahm eine erste Untersuchung der Bodenschichten vor. Es

stellte sich heraus, dass es sich um Drei verschiedene, sich deutlich abgrenzende Zusammensetzungen handelte. Eine etwa Hundertfünfzig Zentimeter dicke Sandschicht deckte eine sechzig Zentimeter starke Salzschicht und eine Tonschicht von ungefähr Neunzig Zentimetern ab. Den oberen Abschluss bildete der rote Marssand.

Dieses ließ darauf schließen, dass das gesamte Umfeld vor Vier bis Fünf Milliarden Jahren ein Meer oder mindestens ein großer Salzsee gewesen sein muss.
Also war ein weiterer Beweis erbracht: Es hatte Wasser auf dem Mars gegeben. Darauf hatte auch schon ein Kieselstein hingedeutet, der in einem vermuteten Flussbett gefunden wurde. Die Sandschicht wies allerdings in sich unterschiedliche, aber immer wiederkehrende Lagen auf. Von den mikroskopischen Untersuchungen wurden Rückschlüsse für kommende Wetterlagen erwartet.
Ishan und Natascha entnahmen eine Vielzahl Bodenproben, dokumentierten deren Entnahmeorte und hatten sich damit auf den Weg zu den Laboren in unseren Containern gemacht. An diesem Tag wurden sie erst wieder bei dem Abendessen gesehen. Über ihre

Erkenntnisse wollten sie nicht reden. Sie hatten nach stundenlanger intensiver Untersuchungen keine Lust mehr auch noch in der Freizeit zu reden.

30.Marstag

Der Tag begann zunächst mit einer positiven Nachricht von der Medizinischen Abteilung. Das Fieber von Huroka war in der letzten Nacht auf Neununddreißig Grad gesunken. Wir alle waren sehr erleichtert, aber er musste weiterhin künstlich, über eine Magensonde, ernährt werden. Seine Verdauungsorgane bedurften noch eine Eingewöhnungszeit an unsere Kost. Da seine körperliche Situation noch nicht endgültig geklärt war, durften keine Besucher zu ihm, und die Quarantäne wurde weiterhin aufrecht erhalten. In uns stieg dennoch die Zuversicht seiner baldigen Genesung auf.

Natascha und Claude hatten am Nachmittag die „Pantoffeltierchen" isolieren können. Sie trockneten nach kurzer Zeit aus und erweckten den Eindruck, als seien sie abgetötet. Um dieses zu überprüfen, wurden sie mit Wasser angefeuchtet, und siehe da: Sie wurden wieder aktiv. In weitergehenden Versuchen, in denen die Einzeller einer

trockenen Wärme von 60°C, 80°C und 90°C ausgesetzt waren, stellte sich heraus, dass ein zuverlässiges Abtöten erst bei 90°C erst gesichert war.
In dem so abgekochten und mit Membranfilter gereinigtem Wasser wurden keine dieser Erreger gefunden.
Natascha und ihr Hilfs-Geologe konnten endlich ihre Auswertungen der Sandschichten zum NASA Institute for Advanced Concepts (NIAC) in Florida, welches das Kontrollzentrum beherbergte, gesendet werden. Danach verblieb ihnen nur, auf eine Antwort über ihr weiteres Vorgehen, von der Erde zu warten.
Claude Pasqude, Kaiuto und ich setzten uns in dem Werkstattcontainer zusammen und wollten uns Gedanken machen, wie wir ein sinnvollen Magnetfeld-Schutz aufbauen könnten.
Die geschützte Fläche sollte unser ganzes Camp einschließen.
Also, es wartete eine ziemliche Herausforderung auf uns. Da wir genug Material zur Verfügung hatten, sahen wir der Aufgabe einigermaßen gelassen entgegen. Wir mussten „nur" die Dimensionen von unserem Tragbaren Schirm um etwas mehr als das 100fache erweitern.
Die Ärzte versorgten den immer noch schwachen, aber ansprechbaren Huroka.

Uns entnahmen sie weiterhin Blutproben und untersuchten diese. Gott Lob, waren alle Befunde negativ.
Zusammen mit den Fitnesstests und deren Auswertungen hatten sie genug zu tun, ohne dass es ihnen langweilig wurde.
Als wir bei dem gemeinsamen Abendessen in fröhlicher Runde saßen, meldete sich der 42 Zoll-Monitor und kündigte eine Nachricht von der Erde an. Der Text sagte aus, dass eine persönliche Nachricht an mich gesendet würde.
Erstaunt und fragend schaute ich in die Runde. So wie ich die Anderen anschaute, sahen sie auch mich an. Als der Bildschirm hell wurde, drehten alle wieder ihre Köpfe und sahen meine Bella!
Und dann sprach Bella zu uns. Das heißt: Sie begrüßte uns, aber zu mir sprach sie mit einer Mine, von der ich nicht entnehmen konnte, ob nun eine gute oder schlechte Nachricht kommen würde: „Mein lieber Eddi, ich habe heute eine Sondererlaubnis bekommen, um dir diese wichtige Mitteilung machen zu können. Leider kannst du mir im Anschluss nicht sofort antworten. So musst du ohne mich damit fertig werden.“ Sie machte eine kleine bedeutsame Pause. Dabei veränderte sich ihr Gesichtsausdruck zu einem fröhlichen Lächeln bevor sie fort fuhr:

„Mein Schatz, du wirst im nächsten Januar Vater einer Tochter!" - Es folgte eine Pause - Ich musste schlucken - Meine Bella strahlte nun über das ganze Gesicht, als sie weiter sprach: „Schade, dass ich dein Gesicht jetzt nicht sehen kann. Ich hoffe aber, dass du dich ebenso darüber freust, wie ich." Mit gespielter Bosheit fügte sie hinzu: „Wenn nicht, dann kann ich dir nur raten auf dem Mars zu bleiben." Dann strahlte sie wieder in die Kamera mit den Worten: „Ich bin mir aber sicher, dass du dich auch über unser kleines Mädchen freust!
Ich dachte, dass du es wissen solltest und ich bin den Leuten hier sehr dankbar, dass ich dich von unserem Glück informieren durfte. Mein lieber Eddi, ich wünsche mir nichts sehnlicher, als dich wieder neben mir zu haben. Ich liebe dich! Komm gesund wieder zu mir zurück. By by, mein Schatz."
Der Bildschirm wurde wieder dunkel und es war totenstill im Raum. Zehn Sekunden lang, und ich war bestimmt rot im Gesicht geworden. Das was mir Bella soeben mitgeteilt hatte, konnte ich gar nicht so schnell begreifen, da brach ein Jubel meiner Kolleginnen und Kollegen los. Alle wollten mir gleichzeitig gratulieren. Natürlich

nahm ich alle Glückwünsche gerne und erfreut entgegen. Ich sah mich genötigt einige Worte zu sagen und stellte mich hin: „Tja, was soll ich sagen? Wir haben es nun alle zusammen gesehen und gehört, und ich kann es noch kaum glauben. So wie es aussieht, werde ich Vater. Ich freue mich darüber und danke euch für eure Glückwünsche. Aber bei aller Freude über diese Neuigkeit, lasst uns unsere Aufgabe hier auf dem Mars nicht vergessen und morgen mit neuer Energie weiter machen. Danke."
Ein kleiner Applaus folgte, und danach wurde wieder zum normalen Abendgeschehen übergegangen. Doch für mich war die Welt nicht mehr so wie vorher. Ich hatte noch bis weit in die Nacht nur an meine Bella und das zukünftige Leben mit ihr und unserer Tochter denken müssen.

Am 35.Tag war unser kranke Biologe wieder soweit genesen, dass er schon ein leichtes Fitnessprogramm starten konnte. Seine Nahrung war inzwischen ebenfalls wieder auf normal umgestellt worden.

Das Kontrollzentrum nahm die neue Situation dankbar zur Kenntnis.

An diesem Tag stand sein erster Aufenthalt außerhalb unseres Camps auf seinem Tagesprogramm. Es lag ihm viel daran, den Stand der Anpflanzungen in

seinem Gewächshaus zu begutachten. Da nach der Pflanzaktion der beiden Piloten, sich niemand um eventuelle Fortschritte gekümmert hatte, konnten wir ihm leider keine diesbezügliche Frage beantworten.
Nach dem Frühstück „schlüpften" er und Klaus in ihre Raumanzüge und machten sich auf den Weg zu dem „Garten Eden". Bevor sie das Treibhaus betraten, überzeugte Huroka sich auf einem kleinen Display in der Schleuse, über den Zustand der Raumluft. Die Werte waren ok. Sauerstoffgehalt, die Temperatur und die Luftfeuchtigkeit stimmten genau mit den Vorgaben überein, so konnten bedenkenlos die Anzüge abgelegt werden.
Klaus schaltete noch die Raumfunk-Verbindung zu unseren Containern und zu allen Helmen der Marsanzüge ein und meldete ihre Ankunft im Gewächshaus. Danach verließen sie die Schleuse und betraten die Kunststoffhalle.
Als der Biologe den Zustand seiner Pflanzen sah, umspielte ein zufriedenes Lächeln seinen Mund. Er beugte sich über grüne, stabile Setzlinge. Mit den Händen streichelte er zärtlich über die Blätter, als wären es eine Schar süßer Hundewelpen. Irgendwie waren es ja auch seine „Kinder". Beinah tänzelnd wandelte er durch die Reihen der

Pflanztische. Er war dermaßen euphorisiert, dass er schon zu der frühen Stunde wusste, er wollte erst wieder zum Abendessen diesen Ort seiner Glückseligkeit verlassen. Klaus konnte ihn gut verstehen.
Nichts desto Trotz: Die Pflänzchen mussten nun endlich versorgt werden. Nach dem fachlichen Check, bei dem das Wurzelwachstum und die Länge der Triebe stichprobenartig vermessen waren, stellte Hurako fest, dass den Pflanzen Nährstoffe und Wasser verabreicht werden mussten. Gegen Mittag verließ Klaus Hurako und das Gewächshaus wieder und machte sich auf den Weg zu unseren Containern.

Da unser Ärzteteam sich nun nicht mehr ausschließlich um den kranken Biologe kümmern musste, seine Blutwerte konnten auch wieder als normal bezeichnet werden, kehrten die Mediziner ebenfalls wieder zu ihrem routinemäßigen Tagesablauf zurück.

In den letzten Tagen hatten Claude und ich einen neuen Generator für das zu schaffende Magnetfeld entwickelt. Kaiuto hatte in der Zeit Metalle, nach einer von mir erstellten Skizze verschweißt. Nun musste unsere „Erfindung" im Gelände verteilt werden.

Onko hatte morgens den Rover mit einem Lastanhänger an die Rampe des Werkstattcontainers gestellt. Wir Drei luden die einzelnen Elemente der Metallrippen, den dazugehörenden Generator, etliche Meter Kabel und jede Menge Werkzeug auf den Anhänger. Um dem schwachen Magnetfeld vom Mars nicht entgegen zu wirken, mussten die Elemente in Nord-Süd-Richtung auf unserem Campgelände verlegt werden. Dazu musste Onko den Rover etliche Mal hin und her fahren. Wir beide luden an den vorgegebenen Stellen die Teil nach und nach ab um sie an den berechneten Stellen zu platzierten. So brauchten wir sie zur anschließenden Montage nur noch wenig zu bewegen.
Nach der Mittagspause begaben sich ein Teil der Crew zu dem Fitnesstraining mit anschließender ärztlichen Prüfung, und der andere Teil nahm seine Arbeit wieder auf. Kaiuto und ich führten unseren Plan mit der Verschraubung der Metallstäbe weiter aus.
Die Montage dauerte aber länger als geplant.
Einen Probelauf konnten wir aus Zeitmangel an dem Tag nicht mehr machen. Aber wir waren froh abends die Montage abgeschlossen zu haben.
Bei dem Probelauf sollte uns der Meteorologe Ishan einen seiner

Wetterballone zur Verfügung stellen. Mit dem konnten dann in den verschiedenen Höhen Messungen der Feldstärke im Magnetfeld vorgenommen werden.
Das ganze Unternehmen diente der Feststellung, ob eine Anpflanzung in den Marsboden durch ein künstliches Magnetfeld vor den schädlichen und somit gefährlichen Sonnenwinde geschützt werden konnte.

Die Auswertungen der Sandschichten welche Natascha zur Erde gesendet hatte, sind nach Zwei Tagen endlich bei uns als angekommen gemeldet und ausgewertet worden. Damit verbunden war die Order, von jeder Schicht Fünf Kilo mit zur Erde zu bringen.
Für solche Mitbringsel standen uns eine Vielzahl luftdichter Behälter zur Verfügung. Zur Sicherheit waren alle mit einem Anschlussventil versehen an das eine Vakuumpumpe angeschlossen werden konnte. So war sichergestellt, dass keine Marsluft unbeabsichtigt zur Erde gelangen würde. Nachdem sie das getan hatte, konnte sie sich wieder auf die Suche nach Fossilien oder Mikroorganismen auf Gesteinen machen.
Durch die Erfahrung, die wir mit Huroka und seinen „Pantoffeltierchen" hatten, war natürlich eine erhöhte Vorsicht

angesagt.
Onko, der von uns am Nachmittag nicht mehr benötigt wurde, sollte ihr im Rahmen seiner Möglichkeiten helfen.
Zum Abendessen trafen wir uns alle wieder. Nachdem wir alle satt und zufrieden waren, wollte Hurako von mir wissen, wann wir ihm Ergebnisse unseres Magnetfeldschutzes melden könnten. Er wollte unbedingt Pflanzen und Saatgut in den Marsboden einbringen. Bevor es aber soweit war, mussten wir noch unsere Kontrollmessung machen. Zunächst Benötigten wir Ishan Suomatan, unserem Meteorologen, um den Wetterballon anzuschließen. Wir hatten nämlich keine Ahnung, wie wir die Daten aus der Höhe zum Boden bringen sollten. Bei dieser Besprechung stellte sich heraus, dass seine Erfahrungen mit den Klimamessungen für uns hilfreich waren. Sein Messgerät bestand aus Zwei Teilen die mit einer Datenleitung verbunden waren. Zum Einen war da das eigentliche Messgerät und zum Anderen ein Sender. Dieser übermittelte die Daten zur Bodenstation. Ich musste nur unser Magnetfeld-Messgerät mit dem Sendeteil kompatibel machen. Aber das traute ich mir als Ingenieur für Elektronik und Antriebstechnik durchaus zu.
An diesem Abend hatten wir wieder einmal einen Bildschirmbesuch von dem

Personalleiter Dr. Bernstein. Nach seiner Begrüßung kam er sofort zur Sache: „Ich wende mich heute persönlich an sie, um ihnen mitzuteilen, dass wir die monatlichen Kontakte mit ihren Verwandten nicht weiter fortführen werden. Unsere psychologischen Berater sind überzeugt, dass eine zunächst als positive Motivation gedachte Aktion, bei dem Einen oder Anderen in eine unerwünschte negative umschlagen könnte.
Selbst wenn sie im Moment die Situation anders betrachten, wurde die Missionsleitung von der Änderung überzeugt." Er ließ eine kleine Pause um dann mit folgenden Worten seinen Bildschirm-Besuch abzuschließen: „Ich danke ihnen führ ihre Aufmerksamkeit und wünsche ihnen ein gutes Gelingen für das, was sie dort auf dem Mars als ihre Aufgabe ansehen.
Die beiden Piloten und der Meteorologe mögen bitte zu ihren Empfängern begeben um weitere Mitteilungen zu bekommen." - Der Bildschirm wurde wieder dunkel und die Drei suchte ihre Empfänger auf.
Da wir bei dem ersten Dating mit unseren Verwandten schon die Erfahrung einer leichten Demotivation gespürt hatten, sahen wir uns bestätigt und fanden die Entscheidung richtig.
Um den Tag geruhsam ausklingen zu

lassen, spielten wir dann noch einige Runden Canasta und gingen gegen 21 Uhr schlafen.

36.Tag

Das sollte für Kaiuto und mich der Tag unseres großen Triumphs werden. Ishan holte sein Messgerät und den dazu gehörenden Wetterballon. Ich bat Kaiuto das Magnetfeld-Messgerät zu holen. Gut gelaunt begaben wir uns zum Mittelpunkt der Fläche, für die der Magnetfeldschutz gedacht war. Nach etwa einer Stunde war der Sender mit dem Magnetfeld-Messgerät verbunden und kompatibel eingestellt. Ein Blick auf die Ladekontrollanzeige sagte uns, dass die Akkus beider Geräte noch genug Kapazität hatten. An Ishans Empfangsteil wurden die neuen Daten des Magnetfeld-Messgerätes eingegeben. Nachdem eine sichere Kommunikation zwischen den Geräten funktionierte, ging es los.
Ich richtete die Solarzellen zur Stromerzeugung in den optimalen Winkel zur Sonne ein und stellte den Generator an. Ishan befestigte den Sender, befüllte den Ballon mit Helium und ließ ihn steigen. Das Befestigungsseil war alle Fünfzig Meter mit einer Längenangabe versehen. So konnten wir jederzeit erkennen in welcher Höhe er

sich befand. Während Ishan den Ballon mit sicheren Blick in die Höhe steigen ließ, klappte ich das laptopähnliche Empfangsteil auf. Auf dem Desktop befanden sich Linien mit Höhenangaben. Dort zeigten sich die Angaben unserer Feldstärkemessungen. Kaiuto bewachte die Funktion des energieerzeugenden Generators und der Solarzellen, und ich konnte mich über die ersten empfangenen Messwerte freuen. Auf dem Marsboden erreichten wir einen Tesla-Wert von wunderbaren 50µT. In der Höhe von Zweihundert Metern begann der Wert sich kontinuierlich um 0,1 µTesla pro Einhundert Metern zu verringern. Ich fand es war ein sehr zufriedener Grundwert und selbst die Werte über der Stabilitätsgrenze konnten sich sehen lassen. Bis eine Stunde vor der Mittagspause speicherte ich die Werte, Kaiuto war sicher, dass auf seine Beobachtung durchaus verzichtet werden konnte, und Ishan fixierte das Seil mittels eines in den Boden eingeschraubten Erdhakens. So gesichert konnte nichts passieren, und wir sorgenfrei in unsere Mittagspause gehen. Als wir in unserem Aufenthaltsraum ankamen, merkten wir sofort, dass eine gespannte Atmosphäre herrschte.
Ich fragte Huroka Tscheng, den

Biologen: „Huroka, was ist los? Warum ist hier so eine miese Stimmung?"
„Lass mich bloß in Ruhe! Ihr seid auch nicht anders, als die Anderen! Ihr wollt mich alle fertig machen!" schnauzte der mich an. Ich schaute mich fragend in der Runde um und sah nur in verständnislose Gesichter. Keiner wusste was plötzlich in den Kollegen Huroka gefahren war. Der hatte sich wieder über sein Essen gebeugt und schien unsere Anwesenheit nicht mehr wahr zunehmen. Wir Drei Neuankömmlinge zuckten mit den Schultern, machten in der „Kochecke" unser Essen warm und ließen Huroka in Ruhe. Wir hatten ja nicht mitbekommen, wie sich Huroka vor unserer Rückkehr verhalten hatte. Aber unser Ärzteteam, und das hatte sich besorgt zu einer Besprechung in ihr Praxismodul zurück gezogen. Sie machten sich Sorgen, ob nicht die Infektion durch den Mikroorganismus in seinem Körper eine Schädigung seines Gehirns verursacht hatte. Zumal sein Verhalten weit über verbale Entgleisungen hinaus gegangen war. Er hatte mit Gegenständen um sich geworfen und wollte Onko und Claude angreifen. Da er nicht bereit gewesen war einer Blutentnahme zuzustimmen, überlegten sie wie sie weiter vorgehen sollten, um ihn untersuchen zu können.

Klaus hatte sich inzwischen mit dem Kontrollzentrum diesbezüglich in Verbindung gesetzt. Die Mitarbeiter auf der Erde hatten durch die überall stattfindende Kameraüberwachung schon bemerkt, dass irgend etwas nicht stimmte. Mit einer Anfrage hielten sie sich zunächst noch zurück. Als sie aber der Bericht von Klaus erreichte gingen bei ihnen förmlich die Alarmlampen an. Sie wollten mit einer Anordnung noch warten, bis die Ärzte zu einer Beurteilung über die Wesensveränderung von Huroka gekommen waren.
Diese waren zu der Überzeugung gekommen, dass er
zwangs- ruhig gestellt werden musste um ihm Blut abzunehmen oder gar weitere Untersuchungen an ihm durchführen zu können. Wir sollten ihn überwältigen und kurz festhalten, damit ihm ein schnell wirkendes Bewusstsein hemmendes Präparat injiziert werden könnte. Doch dafür benötigten wir die Erlaubnis des Kontrollzentrums. Der Kollege auf der Erde versprach sich wieder zu melden, wenn er einen neue Anweisung für unser Problem hatte. Leider dauerte auch bei Eilmeldungen die Übermittlung mehr als Zwanzig Minuten zur Erde. Und nun, wer wusste wie lange, mussten wir darauf warten, wie die Bosse auf der Erde beraten und entscheiden würden.

Wir hatten uns inzwischen mit Zeichensprache darüber verständigt, dass es eventuell darum ging, Huroka zu überwältigen. Als er unerwartet aufstand und den Wohnraum verließ, waren wir sofort „hellwach", und die beiden Piloten folgten ihm. Sie sahen wie er eine der Toiletten betrat. Da sie nicht wussten, ob er anschließend wieder zu uns zurück kehren würde, versteckten sie sich hinter einem Vorhang und warteten bis er wieder erschien. Aber anstatt erneut in den Wohnraum zu gehen, schlug er den Weg zur Schleuse, in der die Raumanzüge hingen, ein. Als er aber Anstalten machte die Schleuse ohne Schutzanzug zu verlassen, beeilte sich Onko uns zu benachrichtigen. Sollte er so ungeschützt den Mars betreten, wäre es nach kurzer Zeit sein Tot gewesen.
Wir beeilten uns Klaus, der mittlerweile bemüht war Huroka am verlassen der Station zu hindern, bei seinem Vorhaben zu unterstützen. Gemeinsam gelang es uns den um sich schlagenden Kollegen zu bändigen. Seine Beschimpfungen uns gegenüber gereichten jedem alten Seemann zur Ehre.
Inzwischen hatte Anke eine Spritze mit einem Beruhigungsmittel aus dem Sanitätsbereich geholt. Gemeinsam mit ihrem Kollegen Sven verabreichten sie

dem immer noch wehrhaften Huroka die Injektion. Nach kurzer Zeit fiel der Patient in eine apathische Bewegungslosigkeit, so dass wir ihn wieder loslassen konnten und zurück in den Wohnbereich führen konnten. Erst da bemerkte ich die blutende Nase von Klaus. Auf meine Frage: „Was ist mit deiner Nase passiert?", antwortete er mit einem gequälten Lächeln: „Halb so schlimm, sollen die Ärzte sich gleich drum kümmern." Sven reichte ihm zunächst ein Papiertuch und nahm ihn mit in den Sanitätsbereich. Danach, mit einem Tampon in der Nase, nahm Klaus erneut Verbindung mit dem Kontrollzentrum auf der Erde auf und berichtete von dem neuen Vorfall. Anke war sicher, dass das Medikament einige Stunden wirksam sein würde, und wir somit genug Zeit hatten um in Ruhe eine Antwort abwarten zu können.
Weil Huroka sein Treibhaus wieder gut in Ordnung gebracht hatte und alle Pflänzchen gut versorgt waren, brauchte sich darum zunächst niemand von uns kümmern. Aber um ein Freiluftbeet anzulegen, wäre schon sein fachlicher Rat notwendig gewesen. So nahmen Kaiuto und ich an, dass wir wohl diejenigen sein würden, auf die die Wahl zu neuen Gärtnern fallen würde. So kam es auch. Also mussten wir am nächsten Tag

alleine unseren „Grünen Daumen" unter Beweis stellen.
Nach einer Stunde kam von der Erde die Order, Huroka sollte unter eine Art Langzeit Narkose versetzt werden. Es erschien den Verantwortlichen der Mission wichtig für das Gelingen unserer Aufgabe, auf dem Mars zu bleiben und den Grund für Hurokas Persönlichkeitsveränderung zu finden. Es war wichtig, um eventuellen Symptome bei einem Anderen von uns zu verhindern.   Sofort begaben sich die Ärzte mit dem Kranken in ihren Behandlungsbereich.
Dort platzierten sie ihn auf einen Liege und verabreichten ihm ein Narkosemittel. Dr. Sven Högeström nahm ihm Blut ab, während
Anke Nejes eine MRT-Kontrastmittel Untersuchung seines Kopfes vorbereitete. Nach der Untersuchung schauten sich Beide die auf einer CD gespeicherten Bilder an. Obwohl sie keine Neurologen oder Hirnspezialisten waren, erkannten sie sofort, dass eine Anomalie des Gehirns vorlag. Eine genaue Deutung war aber über die Bilder nicht möglich. Sie setzten dann alle Hoffnung in die Blutuntersuchung.
Zunächst wurden alle üblichen Tests mit dem Blut vorgenommen um bestimmte Marker zu erkennen. Dem folgte die

Kontrolle der Werte für die roten und weißen Blutkörper sowie dem Sauerstoff und dem Eisengehalt. Aber alles war ohne Befund. Anke Nejes überkam eine schlimme Befürchtung: „Sven, was ist, wenn sich die Mikroorganismen aus der Wasserprobe, die wir aus seinem Körper doch nicht total abgetötet haben? Wenn sich nur eines im Gehirn eingenistet und sich wieder vervielfältigt hat? Lass uns sein Blut mit dem Elektronenmikroskop untersuchen."
„Du hast Recht, das könnte eine Möglichkeit für die Anomalie seines Hypothalamus sein," musste Sven seiner Kollegin beipflichten.
Nach Zwanzig Minuten stand das Ergebnis fest: Es befanden sich erneut sichtbar „Pantoffeltierchen" in dem Blut des Biologen. Erstaunlicher Weise zeigte sein Körper keinerlei Abwehrreaktion. Kein Fieber und keine negativen Blutwerte. Die Ärzte entschieden sich dennoch erneut für eine Behandlung mit den Antibiotika. Aber selbst, wenn es dieses Mal gelingen sollte, alle Erreger zu vernichten, der Schaden im Gehirn würde dadurch nicht behoben.
Mit dieser Erkenntnis kehrten die Ärzte zurück zu uns. Keiner hatte sich an diesem Nachmittag mit seinen eigentlichen Aufgaben befasst. Sven erklärte uns die neue Situation und

Klaus setzte sich erneut mit dem Kontrollzentrum in Verbindung und gab den Bericht der Ärzte weiter. Nach einer halben Stunde kam eine Anfrage an die Ärzte: „Könnt ihr den Kollegen Huroka in ein künstliches Koma versetzen? Wir würden einen zweiten „Building Dog" mit einer Mannschaft und Zwei Ärzten zu euch schicken um ihn abzuholen damit er hier auf der Erde weiter behandelt werden kann. Gleichzeitig würde ein Biologe als Ersatz zu euch kommen. Ebenfalls würde einiges an Lebensmitteln, Wasser und was ihr sonst noch benötigt mit geliefert werden können. Dazu benötigen wir nur eure Wunschliste."
Da sich beide Ärzte einig waren, dass sie Huroka problemlos in ein Langzeitkoma versetzen und auch lange genug mit künstlicher Nahrung versorgen konnten, stimmten sie einer Rückführung des Biologen zu. Der Raumtransporter müsste dazu allerdings wie ein Notarztwagen bestückt werden. „Auf die Liste der benötigten Dinge sollte unbedingt sicherheitshalber ein neues Kontingent an Medizinischer Flüssignahrung mit Sonden stehen," schloss Anke den medizinischen Teil für die Antwort an die Erde ab. Klaus besprach sich noch mit uns anderen, welche Dinge noch von Nöten war und

meldete sich danach erneut im Kontrollzentrum, um die neuen Erkenntnisse zu melden.
Wir wollten die Wartezeit auf eine Antwort mit dem längst fälligen Abendessen überbrücken. An ein verantwortungsvolles Arbeiten war an dem Tag eh nicht mehr zu denken.
Gegen Zwanzig Uhr meldete sich wieder die Erde mit dem schon in Aussicht gestellten Rettungsversuch. Der Start auf der Erde würde in Vier Tagen, also am 14.August, sein. Doch auf Grund der ungünstigen Konstellation der beiden Planeten zu einander, würde die Ankunft bei uns erst am Zehnten Oktober sein. Wir sollten mit unserem vorgegebenen Aufgaben-Plan weiter arbeiten.
Der Plan sah für diesen Abend Freizeit vor, die jeder nach seinem Geschmack verbrachte. Nur die beiden Mediziner und Onko machten einen gemeinsamen Wache-Plan für Huroka. In dem wurde ein Drei stündlicher Bereitschaftswechsel festgelegt. In dieser Zeit sollte der im Koma liegenden Biologe und die an ihm angeschlossenen Geräten überwacht werden. Wobei Onko täglich durch einen Anderen unseres Teams ersetzt werden sollte.
Ich nutzte den Abend um in mein Tagebuch die Erfolge und das schwierige Problem mit Huroka festzuhalten.

Natürlich schrieb ich wieder einen Brief an meine „Bella" und unsere ungeborene Tochter. Vor dem einschlafen überlegte ich noch was mich an dem kommenden Tag erwarten würde, und wie lange wohl das künstliche Magnetfeld bestand haben wird. Doch um endlich einschlafen zu können, dachte ich voller Freude an meine Herzdame.

Der Morgen des 37. Marstages
kündigte wie fast immer einen sonnigen Tag, auch Sol genannt, an. Dunkle Wolken gab es auf dem Mars nicht, es sei denn, einer der gefürchteten Sandstürme zog über den Marsboden. Doch dies geschah in der Regel meistens im Frühjahr oder im Herbst. Nach der Körperreinigung unter der Druckdusche und einem großzügigen Frühstück suchte ich meinen Hilfsgärtner-Kollegen Kaiuto. Ich fand ihn in dem Container, in dem unser Material gelagert wurde. Er suchte nach dem passenden Equipment für unsere Bodenarbeiten. Dazu gehörten nicht nur Werkzeug, sondern ebenfalls irdischen Boden und Dünger. Wir packten alles auf einen Handkarren und schafften diesen in die Schleuse. Nachdem wir in unsere Anzüge gestiegen waren, machten wir uns auf den Weg unser „Feld" zu bestellen. Bevor wir

aber beginnen konnten, maß ich dort noch die Magnetfeldstärke. Sie war immer noch konstant, so dass wir beginnen konnten.
Natascha Bolenko die Geologin hatte in den vergangenen Tagen durch Radarmessungen in tieferen Schichten unter dem Boden festgestellt, dass sich in einigen Bodenrinnen Ablagerungen von Wassereis befanden. Diese Schichten befanden sich ab einer Tiefe von Hundertsechzig Metern und reichten bis etwa Zwei Kilometern.
An diesem Tag bestand ihre und Claude Pasqudes Aufgabe darin Zehn Seismografen großzügig in einem Radius von Fünf Kilometern um unser Camp zu platzieren. Onko, dessen Wachbereitschaft erst am Abend begann, fuhr sie mit dem Rover zu den vom Kontrollzentrum angegebenen Punkten. Bei einer Geschwindigkeit des Rovers von Siebenunddreißig km/h würde das gesamte Unternehmen etwa Zwei Sol in Anspruch nehmen. Aber durch diese Anordnung konnte sowohl die Stärke eines Marsbeben, als auch die Richtung desselben erkannt werden.
Klaus und Ishan Suomatan sammelten mit einem zweiten Ballon Messergebnisse von der Zusammensetzung der Marsatmosphäre. Obwohl einige Marssonden schon Messungen vorgenommen hatten, musste

auch direkt vom Boden aus Messungen gemacht werden. Dabei stellte sich heraus, dass die vorliegenden Daten weitgehend mit den Messungen der Beiden überein stimmten. 95% Kohlenstoffdioxid,
3% Stickstoff, 1,6% Argon und geringe Mengen von Sauerstoff, Kohlenstoffmonoxid und Spuren von Wasserdampf.
Da die Atmosphäre ziemlich staubig ist, sie enthält Teilchen von etwa 1,5 µm Größe, sollte auch davon eine aussagefähige Messung gemacht werden. Auch diese Messung stimmte mit dem bekannten Wert überein. Nur die Dichte der Staubwolken wichen deutlich von einer homogenen Beschaffenheit ab.
Während sie ihre Arbeit verrichteten, konnten sie in der Ferne eine größere Anzahl Sandteufel über die weite Ebene ziehen sehen. Der Anblick war nicht nur für den Meteorologen ein interessanter Anblick. Sandteufel sind kleine Windhosen, wie wir sie schon auf der Erde gesehen hatten.
Klaus bedauerte, dass er die Videokamera nicht dabei hatte. Ishan beruhigte ihn: „Klaus, du kannst sicher sein, in den nächsten Wochen wirst du noch soviel davon sehen, dass du sie bald verfluchst." Wie Recht er haben sollte, hatte er sicherlich nicht

erwartet.
Am Nachmittag war für uns alle, außer für Natascha und Onko, die ihre Seismografen „pflanzten", Muskelaufbau- und Ausdauertraining angesagt. Angeschlossen an alle möglichen Kontrollgeräten machte das natürlich weit weniger Spaß als in der Natur auf der guten, alten Erde.
Der Abend war dann endlich wieder zur freien Verfügung.

2016 verließ eine Versuchsgruppe nach einem Jahr hermetischer Abgeschiedenheit ihr Camp auf Hawaii. Wir hatten an manchen Abenden darüber diskutiert, warum sie über große Langeweile geklagt hatten. ***Wir*** waren immer froh, an den Abenden etwas Freizeit zu haben. Da die Mitarbeiter der Mission die für die Planung verantwortlich waren, einen guten Weitblick hatten, stand uns eine reichhaltig bestückte Bibliothek zur Verfügung. Ich muss zugeben, dass es mich sehr erstaunte, welche Vielzahl von Genres dort zu finden war. Von Comics über Belletristik bis hin zu wissenschaftlichen Werken und Nachschlagelektüren. Etliche Brett- und Computerspiele, diverse Musikinstrumente und sogar Malutensilien für den Fall, dass sich jemand der bildenden Kunst hingeben wollte, waren vorhanden.

Der 38.Tag war für mich und Claude ein Wartungstag. Wir mussten als erstes den Kernreaktor überprüfen. Er befand sich zwar in einer Art Plastikgarage, aber da der Marsstaub oft sehr fein war kamen wir nicht umhin einige Elemente zu reinigen bzw. auszutauschen.
Nach kapp Zwei Stunden war das erledigt. Bei der Überprüfung des Luftreinigers, er befand sich im Materialcontainer, zeigte sich, dass die Filtereinsätze gewechselt werden mussten. Während ich die Filter ausbaute, holte Claude Zwei neue aus dem Regal in der oberen Etage. Der Einbau war ebenso problemlos wie der Ausbau. Dennoch hatten wir dafür Zweistunden benötigt.
In der Zeit hatten Onko und Klaus sich mit dem Rover und dem Raumgleiter beschäftigt. Auch bei diesen waren Reinigungsarbeiten und eine technische Überprüfung notwendig.
Kaiuto half Natascha bei der Archivierung ihrer Untersuchungsergebnisse. Sie wurden auf verschiedene CDs gespeichert.
Ishan Suomatan, unser „Wetterfrosch" machte sich mit den Wettersatelliten im Marsorbit und seinem Wetterballon einen

Überblick von der Großwetterlage. Die Erfassung der Daten ließ ihn aber nichts Gutes ahnen.
Zu Beginn der Mittagspause setzte er uns von seinen Klimaauswertungen in Kenntnis: „Ihr wisst ja, dass im Herbst und im Frühjahr durch die größer werdenden Temperaturunterschiede die heftigen Marsstürme einsetzen. Obwohl es nun noch kein kalendarischer Herbst ist, hat sich aber in den letzten Tagen eine Entwicklung abgezeichnet, die einen ersten heftigen Sturm erwarten lässt. Für diesen Fall ist ja der Aufbau des Zugangstunnel zum Treibhaus vorgesehen. Klaus, ich kann nur dazu raten mit dem Bau des Verbindungstunnels zum Container F zu beginnen.“ Bei den letzten Worten hatte er sich an unseren Captain gewandt. Klaus nickte zustimmend mit den Worten; „Tja, so wie es scheint, ist das wohl zunächst die wichtigste Aufgabe. Ein sicherer Zugang zum Treibhaus muss gewährleistet sein. Da sich die biologische Arbeit für eine Besiedlung auf dem Mars als die wichtigste Aufgabe darstellt. Ishan, wir werden gleich mit der Erde Kontakt aufnehmen und die Lage schildern.“ Dann blickte er in die Runde und gab uns den Auftrag gemeinsam den Zugangstunnel zum Aufbau vorzubereiten.

Nach dem Mittagessen, wir waren auf dem Weg zum Container F, fragte mich Onko: „Du bist doch auch Ingenieur für Antriebstechnik, oder?“ „Ja, warum?“ war meine Antwort.
„Kannst du den Rover tunen? Der ist einfach zu langsam. Wenn wir zu den Landeplätzen der Viking oder des Pathfinder fahren wollen sind wir ja einen halben Sol unterwegs oder gar zum Olympus Mons,
für diese Strecke benötigen wir dann Zwei Tage.“ Ich war überrascht von seinem Vorschlag und wollte wissen: „Was meint denn Klaus dazu?“ „Er findet auch, dass der Rover etwas langsam ist. Über ein Tuning haben wir aber noch nicht gesprochen.“
„Er ist der Captain. Er kann ja mal im Kontrollzentrum anfragen. Vielleicht können wir sogar technische Pläne dafür bekommen,“ war meine ausweichende Antwort.
Mittlerweile waren wir bei unseren Marsanzügen angekommen und machten uns für den Außeneinsatz fertig.
Onko fuhr den Rover mit dem Anhänger vor die Schleuse die sich über die gesamte Contianerhöhe und Breite erstreckte. Kaiuto und Klaus holten die Kiste in welcher der Treibhaustunnel verpackt war mit einem Hubwagen in die Schleuse. Da sie ihre Anzüge noch nicht

angezogen hatten, schlossen sie diese von der Lagerraumseite und warteten bis wir Anderen den Tunnel auf dem Anhänger geladen und die Schleuse von außen verschlossen hatten.
Claude, Onko und ich begannen mit dem Auspacken des Zugangstunnels, während Klaus und Kaiuto sich in ihre Raumanzüge packten. Wir staunten nicht schlecht, als wir die Holzverpackung entfernt hatten. Der Tunnel war auf einer Achse aufgerollt und auf einer Abrollvorrichtung montiert. Wenngleich der Tunnel aus der gleichen Folie wie das Treibhaus gefertigt war, sollte man nicht denken, dass es eine Rolle von vielleicht Zwei mal Zwei Metern war. Die Rolle hatte einen Durchmesser von beinahe Vier Metern. Wir begannen mit dem Verlegen direkt an der Schleuse. Das Anschlussstück konnte also direkt dort montiert werden. Dieses war eine Aufgabe für Kaiuto Awaniko den japanischen Maschinenbau-Ingenieur und mich. Als die wesentlichen Befestigungselemente montiert waren, setzte Onko das Rover/Anhängergespann langsam in Richtung Treibhaus in Gang. Die Endmontage wollten wir später vornehmen. Während der Tunnel sich allmählich abrollte, wurden von uns Anderen die stabilisierenden Fieberglasstäbe, welche sich ebenfalls

in der Kiste befanden, in die vorgegebenen Einschübe geschoben. So kamen wir Meter für Meter dem Treibhaus näher. Gegen Siebzehnuhrunddreißig kamen wir am Treibhaus an.
Es blieb uns für diesen Arbeitstag nur noch die Montage an diesem Ende. Kaiuto und ich machten noch die Endmontage am Lagercontainer. Das war es für diesen Tag.
Wohl gelaunt begaben wir uns anschließend in den Feierabend.

Den 39.Tag wird wohl keiner von uns vergessen. Zunächst begann wir damit den Tunnel mit dem Marsboden zu verbinden. Dazu wurden ebenso wie bei dem Treibhaus stabile Ankerschrauben in den Marsboden geschraubt die dann mit dem Tunnel verbunden wurden. Wir hatten etwas mehr als die Hälfte der Tunnellänge befestigt, als die Alarmsirene in unseren Helmen schrillte.
Anschließend vernahmen wir die Stimme von Ishan Suomatan mit dem Hinweis, dass sich ein ausgiebiger Sandsturm dem Marscamp mit einer Windgeschwindigkeit von Zweihundert Stundenkilometer in seinem Zentrum nähert. Nach seinen Berechnungen würde er in etwa Drei Stunden unser Camp erreicht haben. Bei einer Ausdehnung von Zweitausend

Kilometern würden wir dann mindestens Zehn Stunden keine Außenarbeiten machen können. Für uns bedeutete diese Nachricht: Die Mittagspause entfällt! Wir konnten von Glück reden, wenn wir es überhaupt schaffen würden den Tunnel in der noch verbleibenden Zeit zu befestigen. Am Horizont zeichnete sich schon bald ein dunkler Streifen, der Zusehens breiter wurde, ab. Uns war klar, dass wir es nicht rechtzeitig schaffen würden unsere Arbeit zu beenden. Nach einer kurzen Beratung mit uns, wollte Klaus kein unnötiges Risiko eingehen und brach den weiteren Aufbau ab. Das bedeutete aber nicht, dass wir uns in Sicherheit begeben konnten. Es war wichtig, das verbliebene Stück des Tunnels gegen den Sturm zu sichern. Während Kaiuto Awaniko und Onko Luque mit dem Rover zurück zum Lagercontainer fuhren um Seile und Bodenhaken zu holen, machten wir Anderen weiter. Nach einer halben Stunde waren die Beiden wieder zurück. So schnell unsere Anzüge es zu ließen, wurden die Bodenhaken von mir und Klaus verteilt und von Claude und Kaiuto eingedreht. Bei allem Bemühen rechtzeitig mit dem sichern fertig zu werden, war bald klar, dass wir es nicht schaffen würden! Damit wir aber weitermachen konnten, ordnete Klaus an, dass wir je ein

Sicherungsseil rechts und links des zu sichernden Objektes spannen sollten.
Wir nutzten dazu die schon eingeschraubten Ankerschrauben und die an der Treibhausschleuse. Gut, dass Onko und Kaiuto daran gedacht hatten einige Messer und Karabinerhaken mitzunehmen. Unsere Anzüge waren super für Rettungsaktionen vorbereitet. Jeder hatte verstärkte Gewebestrukturen an denen sich außen jeweils eine Öse von Vier Zentimeter Durchmesser befand.
Wir schnitten für jeden ein etwa zwei Meter langes Seilstück ab und verbanden es an beiden Enden mit einem Karabinerhaken. Diese hakten wir in unser Anzugösen und an das Sicherungsseil. Ein Blick nach oben zu dem immer finsterer werdenden Himmel machte uns dennoch die Hoffnung fertig zu werden, bis das Zentrum des Sturms bei uns sein würde. Leider gelang es uns nicht. Kleine Sandteufel in unmittelbarer Nähe kündigten den baldigen Sturm an.
Auf unsere Anzüge setze sich eine immer dicker werdende rote Sandschicht. Ständig mussten wir nach einigen Sekunden unsere Visiere mit unseren Handschuhen reinigen. Der anfängliche Wind war nach kurzer Zeit in ein kräftiger Sturm geworden. Windgeschwindigkeit um die Hundert

Stundenkilometer rüttelte so an unsern Raumanzügen, dass es uns kaum möglich war unserer Sicherungsaufgabe nachzukommen. Es waren noch zwei Bodenhaken zu setzen, als die ersten kleineren Felsstücke durch die Luft um uns herum wirbelten. Gott sei Dank hatte Onko den Rover neben der Schleuse am Treibhaus geparkt und auch dorthin ein Sicherungsseil angebracht. Nach einander erklommen wir den Schleusenzugang des Rovers. Ich war der letzte und drehte mich für einen letzten Blick auf unser „Werk" um. Ich sah noch, dass ein Felsstück auf mein Visier knallte. Danach blieb mir in sekundenschnelle die Luft weg. Mir wurde schwarz vor Augen. Den Aufprall auf dem Schleusenboden nahm ich nicht mehr war.
Als ich wach wurde, lag ich auf einer Liege im Medical-Bereich.
Ich richtete mich umschauend auf und sah Anke vor einem Schrank stehen. Sie drehte mir den Rücken zu. Als sie bemerkte, dass ich mich aufrichtete, kam sie mit schnellen Schritten zu mir und drückte mich sanft wieder zurück.
„Was ist passiert?", wollte ich wissen, „wie komme ich hier hin?"
Sie erklärte es mir: „Du wolltest gerade in die Schleuse des Rovers einsteigen, doch vorher hast du noch

einmal zurück zum Treibhaus geschaut. Genau in diesem Moment hat ein Felsstück dein Visier zertrümmert und durch den plötzlichen Sauerstoffverlust und dem schlagartigen Druckabfall bist du ohnmächtig geworden. Die Jungs haben dich dann schnell in den Rover gezogen, den Helm abgenommen und dich mit einem der Beatmungsgeräte mit Sauerstoff versorgt. Als ihr dann hier angekommen seid, hatten sie dich bei mir abgeliefert. Nun bist du unser zweiter Patient. Ich werde
dich gleich untersuchen, und wenn alles mit dir in Ordnung ist, kannst du wieder zu den Anderen. Also bleib liegen und lass mich da drüben noch deine Blutentnahme vorbereiten.“ Dabei wies sie mit einem Daumen über die rechte Schulter zu dem Schrank vor dem sie bei meinem wach werden gestanden hatte. „Danach machen wir ein EKG und einen Test deiner psychischen Fähigkeiten, okay?“
Sprach´s und überließ mich hilfloses Menschenkind meinem Schicksal, wenngleich auch nur für weniger als eine Minute. Ich fragte sie: „Wie langen ist das denn alles her? Wie spät ist es jetzt eigentlich?“ Sie schaute zur Uhr und meinte lakonisch: „Du hast immerhin eine Stunde geschlafen.
„Ist der Sturm vorbei?“ wollte ich noch

wissen. Sie lächelte vielsagend und erwiderte: „Da auf der liege merkst du es nicht. aber warte bis du wieder stehst, dann wirst du schon merken wie der Boden immer noch schwankt." Mir entfuhr ein leises: „Oh,oh."
Nachdem sie mich untersucht hatte und mit meinen Vitalfunktionen zufrieden war, wurde ich zu meinen Kollegen entlassen. An die schwankenden Container hatte ich mich inzwischen gewöhnt.
Anteilnehmend wurde ich von den Kollegen, die entweder ein vorgezogenes Abendessen oder ein verspätetes Mittagessen einnahmen, wieder aufgenommen.
Ich wollte von Klaus erfahren wie die aktuelle Situation war.
„Wenn du aus dem Fenster schaust, siehst du, dass man nichts sehen kann. Sichtweite vielleicht ein Meter. Aber was da draußen wirklich los ist, werden wir erst erfahren wenn alles vorbei ist," war seine kurze aber sachliche Schilderung der Situation.
Ich schaute daraufhin unseren Meteorologen fragend an. Der meinte nur achselzuckend: „Wenn du wissen willst wie lange der Sturm uns noch an Außenarbeiten hindert, dann kann ich dir nur sagen, dass ich es nicht weiß. Ich habe zu den Wettersatelliten keinen

Bildkontakt. Das Kontrollzentrum hat sich diesbezüglich auch noch nicht gemeldet. Wenn auch kein Bildempfang möglich ist, aber sie sind per Audio von unserer aktuellen Lage informiert worden."

Claude Pasqude nahm einen dampfenden und sehr gut riechenden Teller mit Geflügelragout auf Reis aus der „Mikrowelle" und reichte ihn mir mit den Worten: „Iss erst einmal. Wird dir bestimmt gut tun." Dankend nahm ich ihm den Teller aus der Hand und holte mir Besteck aus der Schubladen des weißen, in die Wand des Containers eingelassenen Küchenblocks. Er war wie viele Einrichtungsgegenstände in unserer Station aus Glasfaserverbundkunststoff hergestellt. Man kennt solche effektiven Bauweisen ja aus dem Bootsbau in Jachten. Ich setzte mich zu den Anderen an den Tisch und genoss das wunderbare Mahl. Es war eine meiner Lieblings Speisen. Ich überlegte kurz wie oft ich mir dieses Gericht schon selber zubereitet hatte, aber ich wusste es nicht. Bestimmt einige Hundert Mal, doch noch nie hatte ich ein so leckeres Geflügelragout gegessen, wie dieses in der „Mikrowelle" aufgewärmte. Zumindest hatte ich das Gefühl.

Der 40.Marstag, der 10.August
war der Tag an dem der Krankentransporter auf der Erde gestartet wurde. Wir mussten noch bis zum 10.Oktober auf den neuen Biologen warten. Solange konnten wir das Treibhaus aber nicht sich selber überlassen. Doch zur Zeit, solange der Sturm auf unserem Abschnitt des Mars befand, war an einen Zugang in das Treibhaus nicht zu denken.
Klaus stellte einen neuen Aufgabenplan auf.
„Das Ärzteteam bleibt vorrangig bei Huroka. Die nächtliche Unterstützung seine Aufsicht wird nach folgendem Plan ausgeführt, begann er seine Einteilung: „Onko und ich übernehmen heute den ersten Part. Natascha und Ishan sind Morgen dran. Claude und Edward teilen sich Übermorgen die Aufsicht, und Kaiuto teilt sich die Bereitschaft mit dem Ärzteteam. In der Nacht wenn Kaiuto die Aufsicht hat, müssen sich die Ärzte die restlichen Vier Stunden teilen. Idealerweise verlängert zum Beispiel Anke den Tagesdienst um Zwei Stunden und Sven beginnt seinen nächtlichen Dienst um Zwei Stunden eher. Ich hoffe nur, dass keiner krank wird oder sich verletzt. Also seid bitte vorsichtig, bei allem was ihr macht. Es sind ja nur Vier

Wochen bis Huroka abgeholt wird."
Wir nickten alle verständnisvoll und begaben uns an unsere eigentlichen Aufgaben.
Ishan nahm erneut Audio-Kontakt mit dem Kontrollzentrum auf der Erde auf um neue Erkenntnisse eines der Beobachtungssatteliten bezüglich der Wetterlage übermittelt zu bekommen.

Claude und Natascha gingen in ihr Labor, denn dort warteten einige geologische und chemische Untersuchungen auf die Beiden. Verschiedene, der Marsatmosphäre angepassten, Drohnen hatten in den letzten Tagen, vor dem Sturm, einige Meteoritenstücke eingesammelt. Wegen der dünnen Atmosphäre fielen sie praktisch ohne Volumenverluste auf den Marsboden. Einige hinterließen kleine Krater von einigen Metern Durchmesser. Andere lagen einfach in der Gegend herum. Teilweise mit einem Durchmesser von einigen zig Metern.
Die so geborgenen Meteoriten ermöglichten den Beiden eine Vielzahl an Untersuchungen und Berechnungen. Besondere Aufmerksamkeit widmeten sie der Lokalisierung und der Gewinnung des auf der Erde nicht vorkommende Element Fantal. Es ist ein dem Tantal untergeordnetes Element. Alle

Ergebnisse wurden auf Datenbanken gespeichert und zur Erde gesendet. Weiterhin wurden bei verschiedenen Permafrost-Bodenproben die Menge des Wasservorkommens auf dem Mars berechnet. Da schon in den Jahren vor unserer Landung, unbemannte Rover auf dem gesamten Mars Bodenproben entnommen hatten und so festgestellt wurde, dass eine gleich bleibende Tiefe des Permafrost vorhanden war, konnten ziemlich konkrete Berechnungen über die Wassermenge gemacht werden.
Neben der Wassermenge galt auch eine Untersuchungsreihe der Suche nach den schon von Huroka Tscheng gefundenen Einzellern. Diese sollten dann in einem gesicherten Behälter aufbewahrt und dem neuen Geologen für seine Versuche übergeben werden.
Da Kaiuto und ich nicht im Freien an der Verbesserung unseres künstlichen Magnetfeld-Schutzes arbeiten konnten, verbrachten wir mit der Entwicklung eines Planes den Rover zu tunen. Eigentlich war das für uns nur eine Arbeitsbeschaffungsmaßnahme, denn wir wussten immer noch nicht, ob uns die Leute von der Erde dazu grünes Licht geben würden. Andererseits konnte vielleicht ein gutes Tuningkonzept die Kommandozentrale dazu veranlassen uns die Genehmigung zu erteilen.

Der Captain und sein Co-Pilot hielten so weit es ging unseren „Building Dog" und den Rover einsatzfähig. Außerdem setzten sie stündlich einen Lagebericht als Lebenszeichen zur Erde ab, welches im erwarteten zeitlichen Abstand immer mit einem „Ok" beantwortet wurde.
Vor dem Schlafengehen teilte uns Ishan Suomatan seine neuesten Erkenntnisse über die Wetterlage um unser Camp mit. Sie war leider nicht wesentlich neu.
„Nach meinen damaligen Berechnungen, bei denen ich wohl von unterschätzten Ausmaßen des Sturmes ausgegangen bin, hätte der Sturm schon längst vorbei sein sollen.
Ich kann es mir immer noch nicht erklären, wie mir so ein Fehler unterlaufen konnte. Die einzige Möglichkeit die mich rehabilitieren kann, ist die Tatsache, dass sich ein zweiter Sturm mit unserem verbunden hat. Aber egal, wir hatten sowieso nichts ändern können. Also ich kann euch nur soviel sagen: Ich habe keine Ahnung wie lange dieses Wetter noch dauert und wünsche euch allen eine gute Nacht." Sprach´s und verschwand frustriert in seine Kabine. Klaus war dermaßen überrascht von dem Abgang des Meteorologen, dass ihm glatt der Mund offen geblieben war. Wir Anderen nahmen

dies schmunzelnd zur Kenntnis.
Die nächsten Arbeitstage verliefen in einem täglichen, aber keineswegs langweiligen Einerlei. Die theoretische Entwicklung des Rover-Tunings machte Fortschritte. Claude und Natascha gelang es tatsächlich eine Anzahl der „Pantoffeltierchen" aus dem Permafrostboden zu isolieren und in sicherer Quarantäne zu lagern. Ishan Suomatan konnte einem leid tun, bei seinen Bemühungen etwas über eine Wetterveränderung in Erfahrung zu bringen. So sehr er sich auch bemühte, sein Tun war leider von keinerlei Erfolg gekrönt. Auch die beiden Piloten konnten nicht ständig den ganzen Tag den Rover und „Building Dog" überprüfen. Da war es nicht verwunderlich, dass das tägliche Fitnessprogramm als willkommene und sinnvolle Abwechslung angesehen wurde. Das Ärzteteam überwachte die körperliche Verfassung der Crew und wie immer, speicherte es die Resultate unserer sich ständig verbesserten Kondition, um sie später der Erde mitzuteilen.

In der Freizeit hingegen entwickelte sich Einige von uns immer mehr zu „Künstlern". Claude ließ sich von Anke das Gitarrenspiel lehren. Zunächst

spielte und sang sie einige Lieder zu unserm und ihrem Vergnügen. Das war gleichzeitig für Claude ein Motivationsschub. Gott sei Dank verzogen sich die Beiden für diese Zeit der Übungsstunde in den Lagercontainer. Man kann sich vorstellen, dass dieses zunächst ständig fehlerhafte Akkorde greifen nichts für sensible Astronautenohren war.
Oder überhaupt für Ohren Anderer!
Sven und Kaiuto wollten sich in der Malerei versuchten. Während Sven sich mehr den Stillleben widmete, fühlte Kaiuto sich als Maschinenbau-Ingenieur mehr zu den Objekten der Technik hingezogen. Geometrische Objekte und Phantasieautos waren seine bevorzugten Motive. Wir mussten feststellen, dass er auch ein guter Autodesigner geworden wäre. Talent hatte er!
Papier war genug da, aber echte Malerfarbe gab es nicht. So mussten sie sich mit der bunten Tinte aus den Kugelschreibern zufrieden geben.
Ich schrieb an meine Bella so manchen Brief, den ich ihr leider nicht schicken konnte und machte ein erstes Konzept für dieses Buch. Onko hatte sich etwas Massivholz aus dem Lager geholt um daraus feingliedrige Skulpturen zu schnitzen. Nicht nur ich war von seiner Fingerfertigkeit

überrascht.
Nach Zwölf Tagen Sturm auf dem Mars stellten sich erste Unmutsäußerungen bei uns ein. Wir waren schließlich nicht auf den Mars gekommen um unsere künstlerischen Fähigkeiten auszubauen. Die einzigen die nicht unter den Wetterbedingungen litten waren das Ärzteteam und Natascha mit ihrem Hilfsgeologen Claude. Die Ärzte kümmerten sich in erster Linie um den immer noch im künstlichen Koma befindlichen Huroka. Darüber hinaus hatten sie mit unseren täglichen Fitnesskontrollen und deren Auswertungen sowie der damit verbundenen Schreibarbeit, genug zu tun.
Natascha und Claude hatten genug Material um wochenlang forschen und untersuchen zu können.
Verdammt zum Nichtstun zu sein machte uns gereizt und nagte an der anfänglichen positiven Stimmung.

Der 60.Marstag am 30. August

Erst am zwanzigsten Tag des Müßiggangs, es war der 60. Tag auf dem Mars und der 30. August, tauchte im wahrsten Sinne des Wortes so etwas wie ein Hoffnungsschimmer am Horizont auf. Ishan Suomatan unser lieber Meteorologe

überraschte uns vormittags mit einer Nachricht von der Erde: „Ich habe vom Kontrollzentrum die Nachricht bekommen, dass über den russischen Beobachtungssatelliten Boroslow das voraussichtliche Ende des Sturmes festgestellt werden konnte. Demnach war es mit Hundert prozentiger Sicherheit möglich gegen Fünfzehn Uhr wieder die Außentätigkeiten aufzunehmen."
Das war endlich eine gute Nachricht. Ein allgemeines Aufatmen ging durch unser Team. Um Vierzehn Uhr Dreißig war dann alles plötzlich vorbei. Wie abgeschnitten, kein Lüftchen bewegte sich mehr. Nur dass sich noch so viel Sand in der Schwebe befand, störte doch ungemein. Fehlender Wind und die geringe Schwerkraft ließen den Sand nur langsam zum Boden sinken.
Als erstes würde es darum gehen irgendwelche Schäden festzustellen. Gegebenenfalls mussten diese schnellstens behoben werden. Erst danach konnten wir den Zugang zum Treibhaus fertig stellen. Mit dem Beladen des Anhängers, er war vor dem Sturm in den Lagercontainer geschoben worden, konnten wir erst nach der Mängelfeststellung beginnen. Die notwendigen Werkzeuge, Seile und Bodenverankerungen lagen schon bereit. Onko machte während dessen den Rover

startklar. So konnten wir, wenn es soweit war, sofort mit der Arbeit beginnen. Beim Blick aus den Fenstern konnten wir erkennen, dass außen alles klar wurde. Um Fünfzehn Uhr war die Sicht wieder so frei, wie vor dem Sturm. Aus Sicherheit mussten wir noch eine Stunde warten. Wir überbrückten die Zeit mit einem stärkenden Mittagessen. Punkt Sechzehn Uhr schwärmten wir aus um eventuelle Schäden zu suchen. Selbst Anke, die als Ärztin nicht dafür eingeteilt war, nahm dankbar eine Abwechslung an und war voller Eifer bei der Suche.
Nach Zwei Stunden genauer Inspektion konnte Klaus an das Kontrollzentrum die Nachricht übermitteln, dass die Station keinerlei Schaden genommen hatte. Da auf dem auf dem Mars der Tag allmählich zu Ende ging, hatte es keinen Sinn noch mit der Fertigstellung des Zugangskanals zur Treibhausschleuse zu beginnen. Also verlegten wir die weitere Aktivität diesbezüglich auf den nächsten Tag.

Der 61.Marstag.

Der Sonnenaufgang versprach, dass es ein Tag mit ruhiger Wetterlage sein würde. Sogar das Frühstück war etwas besonderes. Anke Nejes hatte den Nachtdienst bei dem im Koma liegenden

Kollegen verbracht und wollte uns vor ihrem Ruhedienst eine Freude machen. Sie hatte für alle Rühreier mit Schinken auf Toast zubereitet. Nach dem Essen wünschte sie uns noch einen erfolgreichen Tag und verschwand in ihrer Kabine. Wir, die zu Beginn des Sturmes an dem Zugang zum Gewächshaus gearbeitet hatten, schlüpften in unsere Raumanzüge um unser Werk zu vollenden. Gegen Mittag war es dann erledigt. Es musste nur noch für ein menschentaugliches Klima gesorgt werden. Das besorgte die zweite Stufe des Sauerstoffreinigers. Um Siebzehn Uhr zeigten die Messgeräte Werte an, die einen Aufenthalt in dem Biotop ermöglichten. Endlich war es uns möglich ohne Anzug in das Treibhaus zu gelangen. Sofort machten wir alle, außer Sven Högeström, der musste zur Sicherheit in der Nähe des Patienten bleiben, einen neugierigen „Spaziergang" in das Gewächshaus. Der Boden des Tunnels war ebenso wie das Treibhaus mit einer rutschfesten Gummibeschichtung ausgestattet. So stellten Unebenheiten des Marsboden keine nennenswerte Gefahr dar.
Dank des Selbsreinigungseffektes der Treibhausfolie war die Helligkeit innen gleich der außen. Wir schauten uns um und konnten feststellen, dass die

Pflanzen alle in Ordnung waren. Zumindest war kein welk werdendes Grün erkennen. Die automatische Bewässerungsanlage hatte ihre Aufgabe wohl im richtigen Maß erfüllt. Auf dem Rückweg, den Feierabend vor Augen, waren wir zufrieden und gut gelaunt.

Der 62.Marstag.

Endlich konnte ich mich dem Wunsch von Onko widmen und mich um das Tuning des Rovers kümmern. Wir hatten nicht nur die Erlaubnis dazu bekommen, sondern auch die notwendigen Konstruktionspläne ausdrucken können, die mein Vorhaben erleichtern würden. Claude konnte mich mit seinem physikalischem wissen beim Studium der Pläne und der theoretischen Veränderungen gut unterstützen. Die beiden Piloten hielten sich regelmäßig über den Stand der Entwicklung auf dem Laufenden.

Auf Kaiuto musste ich zunächst verzichten. Er sollte für die Geologin ein Gerät bauen, in das ein Clifspot eingehängt werden kann. Ein Clifspot war ein optisches Gerät, das über eine Felswand von oben in die Tiefe einige Kilometer hinunter gelassen werden konnte. Es bestand die Hoffnung, dass mit ihm in Gesteinsspalten Flechten, zu entdecken, oder vielleicht auch nur Spuren davon. Es konnte sein, dass sie

vor Drei bis Vier Millionen Jahren dort ein Rückzugsgebiet gefunden hatten. Zunächst sollte es mittels einer Winde, später aber durch einen Motor in die Tiefe abgelassen werden.
Unser Meteorologe Ishan war endlich wieder glücklich, denn er konnte wieder mit den Wettersatelliten im Marsorbit seine Beobachtungen und Prognosen zur Wetterlage machen.
Die medizinische Abteilung war mit den Ergebnissen unserer Untersuchungen und Fitness ebenso zufrieden wie wir auch.
Unsere Abende verliefen weitest gehend im normalen Ablauf. Die kreativen waren weiterhin kreativ. Ich machte mir meine Notizen und schrieb erneut Briefe die nicht abgeschickt werden konnten.
Obwohl, es bestand ja die Hoffnung, dass die Kollegen, welche den kranken Biologe abholten, die Briefe mitnehmen würden. Sicherlich würden die Briefe auf der Erde auf Schadstoffe geprüft werden, aber ich könnte so die Post an meine Bella absenden.
Es dauerte bis zu ihrem Eintreffen ja nur noch Achtunddreißig Tage!
Unsere Arbeiten hatte in den zurückliegenden Wochen gute Fortschritte gemacht. Natascha hatte tatsächlich Urzeitflechten gefunden, ich konnte mit der Unterstützung von Claude, der beiden Piloten und Kaiuto

den Rover auf eine Höchstgeschwindigkeit von 63km/h „aufmotzen". Nicht zuletzt ermöglichte die dünne Atmosphäre auf dem Mars und der damit verbundene geringere Luftwiderstand dies möglich. Um das Treibhaus kümmerten wir uns alle gemeinsam. Teilweise in der Freizeit oder in Momenten in denen unsere Aufgaben dies zuließen.
Am 9. Oktober war es soweit, dass wir alle der Ankunft unserer Kollegen entgegen fieberten. Klaus erkundigte sich nach unserem gemeinsamen Frühstück bei der Kontrollstation nach der Position des Raumgleiters. Er hatte den bedeutsamen Namen „Ikarus" bekommen. Die planmäßige Ankunft wurde für den nächsten Nachmittag um Sechzehn Uhr angegeben.

Wir wollten und gerade unseren Aufgaben widmen und den Wohncontainer verlassen, als eine fürchterliche Detonation uns das „Blut in den Adern gefrieren" ließ. Schnell sprangen wir zu den Fenstern um vielleicht die Ursache zu erkennen. In nördlichen Verlauf der Senke in der unser Camp lag, stieg eine mehrere Hundert Meter starke Säule mit Staub und Gesteinsbrocken in den morgendlichen Marshimmel auf. Im nächsten Moment wurde unsere komplette

Marsstation von einer gewaltigen Druckwelle erfasst. Während draußen das Getöse nicht enden wollte, ächzten die Container und wurden geschüttelt, dass wir um unser Leben bangten. Klaus schrie gegen den Lärm seine Anweisung: „Alles raus zu den Anzügen! Und dann zu der Höhle im Berg!" Den kranken Biologen mussten wir leider zurück lassen. Da er an einem Permanent-Sauerstoffgerät angeschlossen war, bestand für ihn eigentlich keine Gefahr. Es sei denn einer der Gesteinsbrocken die nun auf unser Camp nieder prasselten, zerstörte den Sanicontainer. Nachdem wir unsere Anzüge angezogen hatte, machten wir uns sofort auf den Weg zu der Höhle die Klaus meinte. Sie war erst einige Tage zuvor von Natascha bei einem Außeneinsatz zufällig entdeckt worden. Die etwa Zweihundert Meter versuchten wir so gut es ging unbeschadet zu überwinden. Wir nutzten Dinge, die sich halbwegs als Schild nutzen ließen. In der Höhle stellte sich heraus, dass niemand verletzt war. Das grenzte beinahe an ein Wunder.
Während draußen Staub und Steine auf den Boden und natürlich auch auf unser Camp nieder schlugen, wollte der Arzt Sven Högeström von Klaus wissen: „Was war das? Was ist da passiert?"

„Ich vermute, dass uns ein Meteorit besucht hat. Nach der Staubsäule zu urteilen würde ich sagen, er hatte einen Durchmesser von etwa Fünfzig Metern," mutmaßte Klaus.
„Wie geht es denn nun weiter? Was sollen wir denn nun machen?" wollte Anke wissen.
Klaus zuckte seine Schultern und meint lakonisch: „Ersteinmal bleiben wir hier, bis der Steinregen nachgelassen hat. Die schweren Steine fliegen nicht so hoch und sind somit auch wieder eher unten. Leider fliegen sie auch nicht so weit, das wiederum bedeutet, dass auf unsere Container und den „Building Dog" diese Brocken stürzen werden. Was danach von dem Camp noch zu gebrauchen ist, werden wir dann sehen."
„Wann soll das sein, und was ist mit Wasser und Sauerstoff?" wollte ich von ihm wissen.
„Wir haben zunächst den Notfallwasservorrat für Zwei Tage in den Rucksacktaschen unserer Anzüge. Das gleiche gilt auch für den Sauerstoff. Der reicht ebenfalls für gleiche Zeit. Ich rechne mit einer Minderung des Niederschlages in einigen Stunden, so dass wir dann wieder zurückgehen und uns darum kümmern können," war die Antwort von Klaus.
Tatsächlich ließ der Gesteinsregen nach

Zwei Stunden soweit nach, dass wir uns auf den Weg zum Camp machen konnten. Die dichte Staubwolke, die auf den Boden traf, stellte keine Gefahr für uns dar. Warum Klaus das so genau vorhersagen konnte, war mir ein Rätsel. Er war eben der geborene Kosmologe. Unser Camp wieder zu finden, war kein Problem. Was wir aber zunächst vorfanden, übertraf meine schlimmsten Erwartungen. Das Dach des Lagerraumes wies etliche große Löcher auf. Die Verursacher lagen verstreut auf dem Containerboden. Im Sanitätsbereich empfing uns ein circa Einkubikmeter großer Felsbrocken vor dem OP-Tisch mit einem genauso großen Loch in der Decke. Durch dieses wälzte sich die Staubwolke und tat ihr übriges um den Raum unbenutzbar zu machen. Anke machte sich sofort daran den kranken Huroka aufzusuchen. Nach einigen Minuten kehrte sie zu uns zurück und schüttelte den Kopf. Der Biologe hatte den entstandenen Druckabfall leider nicht überlebt.
Bis auf einen hatten alle Container irreparable Schäden. Wie durch ein Wunder war nur unser Wohnbereich unversehrt. Es war zwar möglich die Türen zu den angrenzenden Bereichen hermetisch zu schließen, aber wir hatten nun keine Schleuse mehr. So

trennten wir einen Teil am Eingangsbereich mit Decken möglichst dicht ab, damit nicht zu viel vom Marsstaub in den Raum gelangen konnte. Als Erstes musste überprüft werden, ob die Sauerstoffversorgung für diesen Container noch funktionierte. Wir wollten diese Fläche nutzen, um uns später der Raumanzüge zu entledigen. Kaiuto und ich kümmerten uns um diese Technik und Klaus versuchte einen Kontakt zur Erde herzustellen.
Während dessen ging Onko unseren „Building Dog" inspizieren.
Ishans Wetterballon mit dem Messgerät war unbeschädigt, soweit er es beurteilen konnte. Natascha war froh, dass sie alle ihre Forschungsergebnisse schon zur Kontrollstation durchgegeben hatte. Aber nicht nur sie, sondern auch wir Anderen hatten Gott sei Dank alle Tätigkeiten dokumentiert und zur Erde geschickt.
Was die Sauerstoffversorgung betraf, konnten Kaiuto und ich unsere Kollegen beruhigen. Die Stromerzeugung, das Förderaggregat und die Sauerstoffgewinnung funktionierten einwandfrei. Die Leitungen und die Absperrventile waren noch in Ordnung. So mussten nur einige Ventile zu den beschädigten Containern geschlossen werden. Nach einigen Minuten zeigten

die Messgeräte, dass die Sauerstoffkonzentration wieder ok war. So konnten wir die Raumanzüge endlich ablegen und es uns bequemer machen. Klaus hatte glücklicher Weise Erfolg, und die Erde meldete sich nach der üblichen Wartezeit auf dem Bildschirm: „Hallo Leute, was gibt's an diesem Vormittag vom Mars zu berichten?" Klaus schilderte dem Kollegen auf der Erde unsere Situation und bat um eine baldige Antwort. Inzwischen kam Onko von der Begutachtung unseres Raumgleiters zurück. Er zog seinen Anzug aus. Sein Gesicht lies kein gutes Ergebnis seiner Inspektion vermuten. Er gesellte sich zu Klaus und Beide unterhielten sich leise. Als Klaus sich zu uns umdrehte, war sein Gesicht aschfahl. Mit niedergeschlagener Stimme sprach er resigniert und ohne auch nur eines seiner Worte zu betonen: „Leute, der „Building Dog" ist hin! Onko hat sich ihn angeschaut und festgestellt, dass etliche Felstrümmer auf unserem Vogel gefallen sind und ihn schwer beschädigt haben. Besonders die Cockpitscheiben sind beide zerlegt worden und große Teile der Armaturen im Cockpit sind zerstört. Vielleicht können uns die Kollegen, die Morgen hier landen wieder mit zurück nehmen. Vielleicht aber auch nicht. Eventuell

wird die Zentrale auch der Meinung sein, dass wir ungeachtet aller Schäden weiter Pionierarbeit machen sollen. Der Rover steht in der Lagerhalle an der Wand und hat nichts abbekommen. Er funktioniert noch. Ihr könnt ja zunächst über die Alternativen, die wir haben, nachdenken. Ich werde diese Neuigkeit noch zur Erde melden. Vielleicht ist ihre Antwort für den ersten Situationsbericht noch nicht unterwegs.“ Dieses Mal kam die Antwort nicht so schnell wie vorher, aber leider doch zu schnell. Nach Zwei Stunden tauchte der Chef Alsko Üslund wieder auf dem Bildschirm auf. Da er aber von dem zerstörten „Building Dog“ noch nichts wissen konnte, achtete auch niemand, außer den beiden Piloten, auf das was er sagte. Er würde sich sowieso wieder melden. Nach einer weiteren Stunde sahen wir ihn wieder.
Er holte tief Luft und begann zu uns zu sprechen: „Hallo ihr da oben auf dem Mars, in Anbetracht der Problematik vor der wir, beziehungsweise ihr nun steht, bleibt uns nichts anderes übrig, als diese Mission für gescheitert zu erklären. Das der Astronaut Huroka Tscheng bedauerlicherweise verstorben ist, tut uns allen sehr leid. - Morgen wird „Ikarus“ bei euch landen. Die Besatzung und das Ärzteteam sind über

eure Lage informiert worden. Es gibt da nur noch ein Problem: Im „Ikarus" ist zwar genug Platz für Vierzehn Personen, aber die Sauerstoffversorgung ist nur für Zehn Menschen ausgelegt. Es sind ja einige begabte Techniker und Ingenieure unter euch. Entweder schaffen sie es die Sauerstoffversorgung anzupassen, oder es müssen einige zurück bleiben. Wie mir gemeldet wurde sind Wasser und Lebensmittel genügend vorhanden. Die Zurückgebliebenen werden dann mit einem weiteren Raumgleiter später abgeholt. Dieser wird gestartet, wenn „Ikarus" den Mars verlässt. Also keine Sorge, wir holen euch alle wieder ´runter. Nur der arme Huroka Tscheng soll ja nach dem Wunsch seiner Familie auf dem Mars begraben werden. Wenn es nicht so traurig wäre, könnten wir der Welt als Sensation melden, dass er der Erste Mensch ist, der auf dem Mars verlieben ist. Capitain Wegener, sie kümmern sich bitte darum. Ich erwarte spätestens Übermorgen eine Meldung über den Erfolg oder Misserfolg der Techniker bei der Sauerstoffversorgung im „Ikarus". Haltet die Ohren steif, ihr seid ja bald wieder hier. Alles Gute."
Es herrschte unter uns minutenlang eine bedrückende Stille. Erst als der Doktor Sven Högeström aufstand und uns fragte: „Es hilft ja alles nichts, wir müssen

bei Kräften bleiben. Ich mache eine Dose mit Würstchen auf. Wer möchte auch ein bis Zwei?“, kam Bewegung in die Crew. Alle hoben wir eine Hand als Zeichen unseres Hungers. Als der Arzt das sah, drehte er sich um und murmelte: „Dann mache ich vorsichtshalber besser Drei Dosen auf.“ Er verteilte Dreißig Würstchen in die vorhandenen Mikrowellen und legte Zwei Tuben Senf auf den Tisch. Während wir auf die warmen Würstchen warteten, fielen mir plötzlich meine Briefe an Bella ein. Warum gerade in diesem Moment, das wussten nur die Götter. Unsere mittlere Katastrophe auf dem Mars hatte auch etwas Gutes: Ich konnte ihr nun, wenn alles gut ging, die Briefe persönlich übergeben.
Nach einigen Minuten waren die Würstchen warm und wir aßen mit leidlichen Appetit unser verspätetes Mittagessen. Danach ließen Kaiuto, Claude und ich uns die Pläne über die Sauerstoffversorgung von „Building Dog“ geben. Da die beiden Raumgleiter identisch waren, konnten wir uns schon mit dem eventuell neuen Aufgabenbereich vertraut machen.
Natascha, Klaus und Ishan nahmen sich das Treibhaus vor. Beim Blick aus dem Fenster sah es zwar unbeschädigt aus, aber das war schwer vorstellbar. Zur

Sicherheit zogen sie ihre Schutzanzüge an. Zunächst inspizierten sie den Zugangstunnel. Er machte einen intakten Eindruck. Das Manometer am Eingang zeigte Werte an, die das atmen ohne Helm eigentlich ermöglichen, doch es musste sicher gestellt sein, dass es nicht doch defekt war. Erst als sie im Treibhaus die selben Werte vorfanden, nahmen sie vorsichtig ihre Helme ab. Bei näherer in Augenscheinnahme stellten die Drei fest, dass das Treibhaus ebenfalls unbeschädigt war. Die halbrunde Bauform und die weiche Kunststofffolie hatten die niedergegangenen Felsstücke abgefedert und die Aufprallenergie über die Seiten nach unten abgeleitet. Genügend Marsbrocken, überdeckt mit einer Zehn Zentimeter dicken roten Staubschicht, lagen dicht um das Gewächshaus herum. Alle technischen Einrichtungsgegenstände schienen in Ordnung. Klaus sah sich, den Kopf wohlwollend nickend, um. Als sie sich die Helme abgenommen hatten, sagte er zu seinen beiden Begleitern: „Wisst ihr was ich nicht verstehe?“ Natascha konnte sich nicht verkneifen zu fragen: „Chinesisch? Russisch? Kisuaheli?“ Grinsend antwortete unser Capitain: „Nein, beziehungsweise ja, aber ich meinte eigentlich: Warum die

elektrische Anlage keinen Schaden genommen hat. Einfach toll. Wenn die Container nicht so schwer beschädigt wären, könnten wir eigentlich hier auf dem Mars weiter arbeiten. Aber nun...! So nehmen wir eine wichtige Erkenntnis mit zurück zur Erde: Die neue Generation der Unterkünfte und Gebäude müssen entweder Spitzdächer oder Kugelform haben."
Die beiden Ärzte hätten ja gerne den Toten näher untersucht, aber in Raumanzügen wäre es ein zweckloses Unterfangen geworden. So blieb ihnen nur einen Begräbnisplatz zu suchen.
Kurz vor dem Abendessen konnte ich Klaus melden: Es ist sehr wahrscheinlich die Sauerstoffkapazität im „Ikarus" zu verdoppeln. Wir müssen dazu den Sauerstofftank und den Reiniger aus unserem Raumgleiter ausbauen und mit denen im „Ikarus" kombinieren. Platz genug wäre vorhanden, und die nötige Energie Schaft das Triebwerk ebenfalls."
„Danke Eddi, gute Nachrichten können wir zur Zeit nicht genug haben," war seine zufriedene Antwort.
Als wir vor dem schlafen gehen noch zusammen saßen, informierten uns die beiden Mediziner darüber welchen Platz sie als Begräbnisstätte für den chinesischen Biologen Huroka Tscheng

auserkoren hatten. Er befand sich am Rande der Talsenke in der wir uns befanden. In einer kleinen geschützten Bucht mit festem aber nicht felsigen Boden. Etwa Zweihundert Meter von Container A in nordöstlicher Richtung. Vor dem einschlafen drehten sich meine Gedanken um Bella, um die zusätzliche Sauerstoffversorgung im „Ikarus" und die Ankunft der Kollegen am nächsten Tag, sie sollte gegen Elf Uhr sein. Ich hatte mich gezwungen nicht auf die Uhr zu schauen, so kann ich heute nicht mehr sagen wie lange es gedauert hat, bis ich endlich eingeschlafen war.

Der Kollege in der Kontrollstation, der uns morgens am **10.Oktober** zunächst wie immer weckte, war aber an diesem Morgen besonders anteilslos. Man konnte fast meinen, er betrachtete uns als Versager. Das kam besonders zum Ausdruck, als er die bevorstehende Landung der Kollegen ankündigte. - Erneut würden Menschen auf dem Mars landen! Das war etwas positives! Dass wir schon fast Zweieinhalb Monate dort waren, machte scheinbar keinen Eindruck mehr auf ihn. Nach dem Frühstück ließen wir uns die ausgesuchte Grabstätte von den Ärzten zeigen. Es war ein guter Platz. Gut geschützt von einem leicht überhängenden Felsen, fand er unsere

Zustimmung. Klaus wollte von Kaiuto wissen: „Kannst du bis Morgen Mittag eine Gedenktafel herstellen? Dann können wir sie nach seiner Beerdigung an den Felsen anschrauben." Kaiuto nickte stumm. An mich gewandt: „Was glaubst du, wie lange benötigt ihr für die Anpassung der Sauerstoffversorgung?"
„Kaiuto, Claude und ich sind uns einig, dass wir Zwei komplette Arbeitstage benötigen werden," konnte ich ihm mitteilen. Er nickte akzeptierend. Wir begaben uns in die defekten Container um zu schauen, ob wir gegebenenfalls doch wirksame Reparaturen vornehmen könnten.

Während Kaiuto damit beschäftigt war, die Gedenktafel vorzubereiten, landeten die Leute, die uns abholen sollten unweit von unserem treuen „Building Dog". Kaiuto unterbrach seine Arbeit, denn unser Team hatte sich vorgenommen zur Begrüßung komplett am Landeplatz zu sein. Schließlich hatte noch keiner von uns eine Marslandung gesehen. Als sich die Shuttletür öffnete, klappte automatisch eine Treppe aus und die Crew tänzelte fast die Stufen herunter. Obwohl keiner der Vier Piloten mehr beim Militär war, begrüßten sie sich mit militärischem Gruß. Das sah

zumindest sehr eindrucksvoll aus. Nach dem allgemeinen Händeschütteln und Umarmungen marschierten wir gemeinsam zu dem nutzbaren Rest unserer Marsstation. Da unsere Frequenz für den Helmsprechfunk schon vor der Landung gleichgeschaltet wurde, konnten wir uns sofort verständigen. Bei den ersten sichtbaren Schäden vernahmen wir ein deutliches: „Oh,oh! Ach du lieber Himmel! Da habt ihr aber Glück gehabt. Wo seit ihr eigentlich gewesen, als das geschah?" Wer genau das gesagt hatte konnte ich nicht erkennen, denn die Stimmen waren ja noch neu für uns. Als aber Klaus dann antwortete, erkannte ich natürlich seinen Stimme: „Wir sind noch früh genug in eine Höhle drüben bei der Felswand geflüchtet."
„Ist den alles zerstört?" wollte die unbekannte Stimme wissen.
Klaus informierte die neuen Erdmenschen über die aktuellen Schäden. Ebenfalls waren sie darüber erstaunt, dass das Treibhaus keine wirkungsvollen Treffer zu beklagen hatte. In der provisorischen „Staubschleuse" des intakten Wohncontainers mussten wir in den Raumanzüge warten, bis die Luftwerte wieder den notwendigen Stand erreicht hatten. Nach einigen Minuten versammelten wir uns endlich alle in dem Wohnbereich. Die beiden Damen

unserer Crew übernahmen ausnahmsweise Hausfrauen Tätigkeiten und versorgten uns mit Kaffee und aufgetautem Kuchen. Während wir es uns schmecken ließen, stellte der Captain vom „Ikarus“ sich und seine kleine Crew vor.
Er war ein ehemaliger ESA-Astronaut mit italienischen Eltern. Und lebte nun aber in Australien. Sein Name war Luigi Spagone, genannt „Spagetti“. Sein Co-Pilot war der Japaner Long Tschui.
Das Ärzteteam setzte sich aus dem Dr. Illian Koskow, einem Russen und dem Israeli Dr. Joshua Wertheim zusammen.
Der nun nicht mehr benötigte Biologe war ein Brite mit dem Namen Cliff Jones.
Kaiuto, Claude und ich machten uns nach dem leckeren Mittagessen-Ersatz mit Luigi Spagone auf um den „Ikarus“ für unsere zusätzliche Sauerstoffversorgung vorzubereiten. Das notwendige Material hatte Onko schon auf den Anhänger geladen und wollte es uns kurz danach mit dem Rover zu dem Raumgleiter bringen. Nachdem wir uns davon überzeugt hatten, dass unsere Pläne mit der Installation im „Ikarus“ übereinstimmten, konnten wir mit dem Ausbau der Sauerstoffanlage im „Building Dog“ beginnen. Zum Abend hatten wir es geschafft. Alle notwendigen Teile, die Werkzeuge und

notwendiges Equipment befand sich im Ladebereich vom „Ikarus“. Der Abend gehörte dann der Geselligkeit und den vielen Fragen der Neuankömmlinge.

Der 11. Oktober
stand für Claude und mir ganz im Zeichen unserer Arbeit. Wir arbeiten ausgezeichnet gut Hand in Hand. So machte die Verstärkung der Sauerstoffaufbereitungsanlage gute Fortschritte. Störend empfanden wir allerdings die Beisetzung von Huroka Tscheng, aber natürlich wollten wir ebenfalls daran teilnehmen. Bei der Gestaltung der Gedenktafel hatte Kaito tolle Arbeit geleistet. Sogar Blumenornamente zierten die Tafel rechts und links. Er hatte die Tafel an den Felsen geschraubt. Ich nahm mir vor, ihn am Abend zu fragen, wie er die Blumenornamente in das Metall eingearbeitet hatte. Klaus sprach einige zu herzengehende Sätze. Danach schaufelten Sven und Ishan das Grab zu. Mit Kaito machten Claude und ich uns wieder an unsere Aufgabe der Sauerstoffversorgung im „Ikarus“. Tatsächlich gelang es uns noch an diesem Tag einen ersten kurzen, aber erfolgreichen Testlauf starten. Als Klaus davon in Kenntnis gesetzt wurde hellte sich sein Gesicht deutlich auf.

Als es Zeit wurde schlafen zugehen, verabschiedeten sich die Fünf vom „Ikarus". Da in unserem Wohnbereich kein weiterer Raum für sie zur Verfügung stand, mussten sie in ihrem Raumgleiter übernachten. Wieder einmal dachte ich vor dem einschlafen an Bella. Würde ich Morgen schon wieder auf dem Weg zurück zu ihr sein? Wie mag es ihr mit dem ungeborenen Baby ergehen? Hat man sie von dem Abbruch unseres Aufenthaltes informiert?
Um ehrlich zu sein: Wirklich enttäuscht war ich von der Entwicklung unserer Marsmission nicht. So könnte ich bei der Geburt unserer Tochter dabei sein.

Der 12.Oktober begann ungewöhnlich hektisch. Klaus wollte Gewissheit über die Zuverlässigkeit der Sauerstoffversorgung im „Ikarus" haben. Zum ersten Mal sah ich ihn gestresst. Also beeilten wir uns, einen Dauertest zu starten. Das bedeutete für mich, ich musste den ganzen Tag sicherheitshalber im Anzug, wenn auch ohne Helm, die Messanzeigen im Auge behalten. Zu Essen und zu Trinken gab es die Raumfahrer Konversen.
Nachmittags ließ sich Klaus bei mir sehen. „Na Eddi, wie sieht es aus? Irgend welche Probleme?"
In seiner Frage schwamm die Befürchtung

über eine Unstimmigkeit mit.
Ich konnte ihn beruhigen.
„Ich bin sicher, dass alles ok ist. Ich habe verschiedene Belastungstests gemacht, und alle sind ohne Beanstandungen gelungen. Von mir aus können wir sofort starten."
Lächelnd meinte er: „Wir wollen nichts überstürzen. Ich muss erst noch die Kommandozentrale davon berichten. Vielleicht können wir ja Morgen zur Erde zurück. Macht es noch Sinn weiter hier zu sitzen?"
„Eigentlich nicht, ich bin sicher, es wird sich nichts ändern." „Dann lass uns gehen. Da drüben," er zeigte zu unserer Station, „ist es doch um einiges gemütlicher."
Ich schaltete die Anlage aus und gemeinsam gingen wir zum Wohncontainer zurück.
Wir wollten gerade unsere Anzüge ausziehen, als wir durch den Schrei der Geologin daran gehindert wurden. Wir vermuteten sie in ihrem Labor und beeilten uns dorthin zu gelangen. Sie stand mit leicht abgespreizten Armen vor ihrem Arbeitstisch und schaute auf eine weiße Wolke von etwa einen Meter Durchmesser. Die Wolke schwebte bewegungslos über einem Zehn mal Zehn Zentimeter großen Stück Felsen. Mit Zwei Schritten war Klaus bei ihr. Er

legte seine linke Hand auf ihre Schulter, worauf sie sich erschreckt umdrehte. Als sie zuerst Klaus und dann mich erkannte, kam ein: „Gott sei Dank, dass ihr da seid," über die Lippen. Klaus deutete auf die Wolke und wollte wissen: „Was zum Teufel ist das?" Sie zuckte die Schultern: „Ich habe keine Ahnung. Ich wollte für unsere Rückreise schon einige noch zu untersuchende Gesteinsproben verpacken. Damit sie nicht mit dem Marsstaub kontaminiert sein sollten, habe ich sie zunächst mit der Bürste gereinigt und und dann abgewaschen. Als dieser Stein mit Wasser in Berührung brachte, quoll schlagartig mit einem Knall diese Wolke heraus. Sie verändert sich aber nicht. Was kann das sein? Ich bin froh, dass ich genötigt war den Anzug anzuziehen." Klaus rief über die Bordsprechanlage Claude in das Labor. „...Vergiss nicht den Anzug anzuziehen," waren seine abschließenden Worte. Nach Fünf Minuten war er bei uns. Der Captian erklärte ihm die Situation und frage: „Kannst du dir vorstellen, was das ist?" Dabei zeigte er auf die etwas kleiner gewordene Wolke, „Kannst du analysieren woraus das besteht?"

„Ich hole eben einige Utensilien meinem Labor," hörten wir und schnell war er

aus dem Ex-Labor der Geologin verschwunden. Nach einigen Minuten war er mit einem Geigerzähler und einem Köfferchen wieder zurück. Zunächst näherte er sich mit dem Messgerät für atomare Strahlung des schwebenden Wolke. „Die digitale Anzeige meldet einen zu vernachlässigenden Wert," vernahmen wir die Stimme von Claude über unsere Helmlautsprecher.
Danach entnahm er seinem „Chemiebaukasten" einige Wattestäbchen und hielt sie in die Wolke. Er steckte diese jeweils eines in ein Glasröhrchen. Und verschwand wieder in seinem Labor. Wir anderen wechselten in den Wohnbereich und warteten auf die Ergebnisse die uns Claude mitteilen würde. Dabei informierten wir die Kollegen über den Vorfall bei Natascha.
Nach einer Stunde kam er mit einem Schreibblock „bewaffnet" zu uns. Er hatte sich dort einige Notizen gemacht, von denen er uns dann mitteilte: „Tja, mein Labor ist ja nur für das notwendigste ausgerüstet. Also hatte ich zunächst den Verdacht, es handelte sich um Natrium, denn Natrium reagiert mit Wasser." Er wand sich an Natascha: „Du sagtest doch, dass du das Felsenstück mit Wasser gereinigt hast, richtig?" Sie nickte und Claude setzte seine Erklärung fort: „Die Reaktion

kann explosiv sein und den Wasserstoff entzünden, oder es verbrennt leicht zu Natriumperoxid. Doch dann dürfte es sich nicht als diese stehend Wolke ausbilden. Außerdem passt die Halbwertzeit von etwa Dreißig Minuten nicht dazu. Ebenso konnte ich nicht feststellen, ob es sich um eine toxische Substanz handelt. Weiterhin war es mir nicht möglich zu erkennen, ob es sich um eine organische oder anorganische Substanz handelt. Vielleicht ist es ein auf der Erde noch unbekanntes Element, aber dazu müssen umfangreiche Untersuchungen gemacht werden. Sollte es sich um ein neues Element handeln, dann hat Natascha das Recht es nach ihrem Namen zu nennen. Vielleicht: Bolenkum oder Bolenkonium," er drehte sich zu ihr um und wollte wissen: „Wie gefällt dir das?"
Sie überlegte kurz und meinte lächelnd: „Gut, sehr gut, dann geht mein Name in die Fachbücher ein. Aber so ganz kann ich nicht daran glauben." Man merkte ihr an, dass sie die Sache nicht ernst nahm.
Klaus meldete sich zu Wort: „Egal was es ist, es muss auf jeden Fall mit zur Erde. Nur sollten wir es besonders verpacken. Es ist ja noch nicht klar wie es sich in der Schwerelosigkeit verhält. Ganz besonders ist darauf zu

achten, dass es nicht mit Wasser in Berührung kommt. Aber das letzte Wort hat sowieso das Kontrollzentrum. Ich werde sie nun davon und der erfolgreichen Anpassung der Sauerstoffversorgung im „Ikarus" in Kenntnis setzten." Er stand auf und ging zur Funkanlage. Als er zurückkam sagte er nur: „Ich habe auf Raumton umgestellt, so können alle hören was die uns gleich zu sagen haben, und ich brauche nicht alles zu erzählen." Bei den letzten Worten nahm er auf unserem „Sofa" Platz. In der halben Stunde, bis die Antwort kam, unterhielten wir uns über alltägliche Dinge.
Wir bekamen folgende Order: „Die Missionsleitung hat beschlossen, dass folgendermaßen vorgegangen werden soll: Ihr müsst die Schäden an den Dächern der Container soweit es geht reparieren beziehungsweise mit Plattenmaterial und den zur Verfügung stehenden Planen und Folien abdecken. Danach mit den Staubsaugern die Räume reinigen. Damit ist gemeint, soweit es möglich ist, den groben Schmutz beseitigen. Alle technischen Geräte und Forschungsergebnisse so weit sie transportabel sind und im Raumgleiter „Ikarus" Platz finden, mit zur Erde zu bringen. Ebenso muss der Rover wieder zur Erde überführt werden. Der

Kernreaktor und die Laserkanone werden für euren Start benötigt und verbleiben auf dem Mars.
Die Arbeiten sollten Morgen bis siebzehn Uhr Marsortszeit abgeschlossen sein. Alle vier Stunden erwarten wir eine Meldung über den Fortschritt der Startvorbereitungen.
Die geplante Startzeit vom Mars ist auf Zwanzig Uhr Marsortszeit festgelegt. Als Alternative würde dann erst Übermorgen um zehn Uhr in Frage kommen. Wecken ist Morgen um fünf Uhr. Erholt euch, denn Morgen wird ein harter Tag für alle. Wir wünschen euch eine gute Nacht."
Wir atmeten tief durch, denn was sich so einfach angehört hatte, war alles andere als einfach in der vorgegebenen Zeit zu schaffen. Ich überschlug, wie die meisten wohl von uns, in Gedanken unsere vorhandenes Material und die notwendigen Arbeiten und war überzeugt dass wir es bis siebzehn Uhr schaffen würden. Als ich mich in der Runde umschaute, sah ich nur in entschlossen dreinschauende Gesichter. Sicher empfanden die anderen ebenso. Wir nickten uns aufmunternd zu. Nur die Neuankömmlinge schauten uns mit Zweifel im Gesicht fragen an. Sie hatten ja keine Ahnung welche Möglichkeiten uns zur Verfügung standen. Als sie aber

unsere Zuversicht erkannten, hellten auch ihre Gesichter auf. Unser Captain ergriff das Wort: „Leute ihr habt es gehört. Das bedeutet, dass für heute Feierabend ist. Wer will kann nun vor dem Camp eine rauchen gehen. Aber wie immer: Ohne Helm!" Er unterbrach seine Ansprache kurz, um uns Gelegenheit zu geben über seinen Scherz zu lachen. Dann wurde er wieder sachlich: „Spaß bei Seite, Ich denke es ist das Beste, wenn wir uns nun unser Abendbrot machen," dabei schaute er auf die Wohnraumuhr und fuhr fort: „und sind spätestens um zweiundzwanzig Uhr in unseren Liegen. Ok?" Auch unsere Piloten vom kommenden Morgen, der Geologe und die neuen Ärzte nickten zustimmend.

Der 13 Oktober war Gott sei Dank kein Freitag, sonder ein Sonntag. Ich war zwar nicht abergläubisch, aber ein ungutes Gefühl steigt an solchen Tagen dennoch in mir auf. Nach einem schnell eingenommenen Frühstück machten wir uns um sechs Uhr an die Arbeit. Onko hatte den Anhänger mittels des Rovers an die Lagerschleuse geparkt. So konnten wir das gesamte ausgebaute Equipment leicht verladen. Obwohl alle Kabelverbindungen an den Geräten nur gesteckt waren, war es ein zeitraubendes Unterfangen. Es

lag nicht zuletzt daran, dass wir diese Arbeiten in unseren Raumanzügen machen mussten.
Als um sechzehn Uhr dann endlich der Rover mit dem Ladekran des „Ikarus" in dem Raumgleiter verschwand, waren wir alle doch ziemlich geschafft. Klaus stellte eine Verbindung her und machte die Vollzugsmeldung. Es blieben uns nun noch vier Stunden bis zum Start zurück zur Erde.
Long Tschui und Luigi Spagone machten einen Startcheck. Kaiuto und mir oblag es die Laserkanone in die Startrichtung des Raumgleiters zur selbstständigen Flugbahnverfolgung zu programmierten. Er wurde benötigt um den Antrieb zu unterstützen. Wir mussten lediglich nur noch kurz vor dem Start den „ON"- Knopf drücken. Alle Anderen arbeiteten im Wohnbereich und bereiteten ein letztes und üppiges Abendessen auf dem Mars vor. Schließlich war für die nächsten Wochen wieder Astronautennahrung aus den Tuben angesagt. Die persönlichen Sachen wurden im laufe des Tages schon verladen.
Nach dem Essen schaltete ich die Laserkanone ein. Danach machten wir uns auf dem Weg zum „Ikarus" und richtet uns dort so gut es ging für den Rückflug ein. Da unsere Anzüge über eine autonome Stromversorgung verfügte,

konnten wir uns außerhalb des Wohnbereiches immer gut verständigen. Mittlerweile war es neunzehn Uhr geworden.

Nun mussten wir noch eine Stunde auf den Starttermin warten. Das war für mich die längste Stunde auf dem Mars. Zumindest kam sie mir deutlich länger vor als sonst. Fünfzehn Minuten vor dem Ende des Countdown ging ich zur Laserkanone und schaltete sie ein. Ich überzeugte mich davon, dass sie richtig eingestellt war und kehrte zum „Ikarus" zurück. Bei meinem Eintreffen schnallten sich die anderen schon an. Dann liefen die letzten Sekunden des Countdown
„... Drei, Zwei, Eins, go!" Pünktlich um Zwanzig Uhr Marszeit hob sich der Raumgleiter waagerecht in den langsam dunkel werdenden Marshimmel. Gleichzeitig steuerte die Startautomatik den „Ikarus" mit Hilfe des Laserstrahls in den Orbit unseres Nachbarplaneten. Dort schaltete sich der Plasmaantrieb ein. Inzwischen hatten wir unsere Helme abgenommen. Dadurch war die Verständigung unter einander doch deutlich einfacher. Bei der Marsumrundung, durch die wir den idealen Kurs erreichten, hatten wir Gelegenheit uns von den kleinen

Marsmonden zu verabschieden. Ich war mir sicher, dass ich sie nie wieder aus einer so geringen Entfernung sehen würde. Es überkam mich ein wenig Wehmut. Seufzend schloss ich diesen Gedanken und wendete mich den positiveren Gedanken an Bella zu. Ich freute mich schon sehr auf sie und unser noch ungeborenes Baby. Während ich noch von einem glücklichen Familienleben auf der Erde träumte, wurde ich durch aufgeregtes treiben im „Ikarus" aus meinen Gedanken in die Realität zurück gerufen. Ich hatte nicht mitbekommen was die Ursache für die Unruhe war. Ich fragte den neben mir sitzenden Kaiuto Awaniko: „Was ist los? Warum seid ihr alle so aufgeregt?" Er schaute mich an, als hätte ich ihn gefragt, ob wir auf dem Weg zu Jupiter waren. Ich erklärte ihm, dass ich etwas eingenickt war und somit von nichts wusste. „Hörst du nicht, dass es verdächtig still ist?" war seine Frage. In der Tat war das gewohnte leichte Summen des Plasmatriebwerkes verstummt. Da ich Ingenieur für Antriebstechnik war wollte ich mich im Cockpit erkundigen was denn die Ursache für die Stille war. Erst bei bei meinem Eintreffen im Cockpit sah ich, dass unsere Piloten Klaus und Onko ebenfalls schon dort waren. Während Long Tschui der japanische Pilot mit der Erde Kontakt aufgenommen hatte und auf eine Antwort wartete, versuchten die Anderen irgend wie die Ursache für den Ausfall des Antriebes zu finden. Als sie mich sahen, fiel Klaus ein, dass ich ja für solche Probleme der richtige Mann war. Er erklärte mir den aktuellen Sachverhalt und übergab mir einige technische Zeichnungen. „Ich kann damit nichts anfangen. Wir hoffen alle, dass du irgend etwas damit anfangen kannst." Ich schaute auf die Anzeigen und verglich sie mit denen, die in den Zeichnungen angegebenen Sollwerten. Nach einer halben Stunde entdeckte ich die erste Unstimmigkeit. Schnell war mir klar, dass es im weiteren Verlauf einer bestimmten Verkabelung zu Ausfällen an einer anderen Stelle kommen musste. Dem Schaltplan folgend, traf ich auf ein weiteres Modul, welches zwangsläufig nicht arbeiten konnte. Wie erwartet waren alle folgende Bauelemente ohne Stromversorgung. Ich widmete mich wieder dem ersten fehlerhaften Element. Da die Baugruppen alle als Schiebeelement verbaut waren, gelangte es mir leicht das fehlerhafte Bauteil auszubauen. Mit dem entsprechenden Messgerät konnte ich die Platinen durchmessen. Bei der zweiten wurde ich

fündig. Eine „kalte Lötstelle" war die Ursache für die Unterbrechung des Stromflusses. Erschütterungen hatten die schlechte Lötung gelöst. Mit der Akku betriebenen Lötpistole war der Schaden schnell behoben. Eine Funktionsprüfung zeigte, dass ich mit meiner Fehlersuche erfolgreich war.
Nach einigen Minuten war das reparierte Modulteil wieder eingebaut und Long Tschui startete das Triebwerk. Der Jubel im Cockpit war unbeschreiblich, als wir das vermisste Summen vernahmen. Illian Koskow der russische Co-Pilot setzte sofort eine Meldung an die Kontrollstation über meine erfolgreiche Reparatur ab. Da sich der „Ikarus" schon auf dem Kurs zur Erde befand, als die Störung einsetzte, musste keine Kurskorrektur vorgenommen werden.
Ich wurde an Bord gefeiert, als hätte ich einen neuen Planeten in unserem Sonnensystem entdeckt. Aber nach einigen Minuten hatte sich die Situation wieder beruhigt und alles ging seinen normalen Gang weiter.
Nun würden acht langweilige Wochen vor uns liegen. Der Rückflug dauerte länger als der Hinflug, denn die Konstellation zwischen Erde und Mars war nicht so günstig, wie beim Flug zum Mars. Damals waren wir voller Erwartungen und Euphorie, dass es uns zu keinem

Zeitpunkt eintönig vorkam. Nun aber war alles anders. Unsere Mission war gescheitert. Warum? - Waren die Pläne nicht durchdacht genug gewesen? Unser Abbruch der Mission war letztlich durch den Asteroideneinschlag verursacht worden. Aber so ungewöhnlich war dieses Ereignis für den Mars nicht. Wurde so etwas in der Planung unterschätzt oder gar vergessen? Hätte den Dächer der Gebäude besser eine andere Form gegeben werden müssen? Vielleicht so wie die Indianerzelte, die Tipis, ein Spitzdach?
Auch stellte sich hier die Frage des richtigen Materials. Ich dachte dabei an das Treibhaus. Es hatte keinerlei Durchschlag erhalten.
Meine Gedanken schweiften ab in das Jahr 2016. In diesem Jahr endete ein einjähriges Versuchsprogramm mit Vier Astronautinen und vier Astronauten der NASA. Dort stand als einer der Hauptpunkte in der Versuchsreihe auch das Zusammenleben auf engstem Raum für ein ganzes Jahr. Was waren dagegen unsere zweieinhalb Monate? Aber anders gesehen, war unser Aufenthalt gespickt mit Sturm, Meteoritenregen, ein Marsbeben, dem Tod des Kollegen Huroka Tscheng und nun zuletzt dem Asteoriteneinschlag in der Nähe unseres Camps. Dennoch, oder vielleicht gerade

deswegen, war unser Zusammenleben auf dem Mars als durchaus harmonisch zu bewerten.
Die folgenden Acht Wochen verliefen ansonsten weiter ohne Probleme. Wir hatten uns ab dem Start auf dem Mars schon an die aktuelle Erdzeit der Bodenstation in New Mexico gewöhnt.

Am 8.Dezember wurde automatisch das Bremsmanöver für das Andockmanöver an die ISS 2 eingeschaltet. Die Uhren zeigten genau Neun Uhr. Den guten alten Mond ließen wir einige Tausend Kilometer links liegen. Er war für uns dennoch ein wundervoller Anblick. Aber richtig toll fanden wir den Anblick unserer wunderbaren blauen Erde. In meinen Gedanken sagte ich mit Blick auf den blauen Planet: „Erde ich komme!"
Die letzten Hundert Meter legte der „Ikarus" im Schleichgang zur Andockschleuse der Raumstation zurück. Es sollte nicht noch auf den letzten Metern etwas passieren. Nachdem auch die Hürde genommen war und ein Druckausgleich stattgefunden hatte, konnten wir unsere Raumanzügen ablegen. Wir wechselten um Elf Uhr vom Raumgleiter in die Raumstation.
Zunächst mussten wir sterile Kapuzenoveralls anziehen und uns mit einem Geigerzähler scannen lassen.

Danach durften wir im medizinischen Bereich einen umfangreichen Gesundheitscheck über uns ergehen lassen. Als alle Ergebnisse zur Zufriedenheit der Ärzte ausgefallen waren, konnten wir zu der aktuellen Besatzung der ISS 2. Die Begrüßung war überaus herzlich. Immerhin kamen wir vom Mars.
Das war ja schon etwas!

Mittlerweile war es Mittag geworden. Die Kollegen der Raumstation luden uns zum Essen ein, aber nur die Crew des „Ikarus" nahm das Angebot an. Wir, die sich so lange auf dem Mars aufgehalten hatten, waren viel zu aufgeregt um etwas essen zu können. Wir wollten einfach nur endlich wieder irdischen Boden betreten. Doch bis uns der Orbitlift zur Bodenstation auf der Erde bringen konnte, mussten wir noch Zwei weitere Stunden warten. Als wir endlich, nach der Abfahrt mit dem Lift, am späten Nachmittag den Boden der Station erreichten, erwartete uns eine weitere Überraschung. Das gesamte Gelände war voll mit begeisterten Menschen die uns zujubelten.
Wir winkten brav zurück.
In der ersten Reihe, nahe dem Verwaltungsgebäude in das wir geführt wurden, war ein Bereich für unsere

Verwandtschaft reserviert. Man hatte sie also doch über den Rückkehrtermin informiert und nach New Mexico eingeladen. Ich freute mich wahnsinnig, als ich meine Bella sah. Unser Weg führte direkt an dieser Abgrenzung vorbei. Wir durften einen ersten kurzen Kontakt, sprich eine Umarmung und wie in meinem Fall, einen langen Begrüßungskuss, tätigen. Mann hatte uns schon auf der ISS mitgeteilt, dass am Abend ein besonderer Empfang stattfinden sollte. Einige VIPs aus der Weltraumforschung und der Politik hatten sich als Redner angekündigt. Da der Präsident der USA zu der Zeit in Asien in wichtigen Verhandlungen eingebunden war, wollte stellvertretend der Vize-Präsident uns zu unserer Unternehmung beglückwünschen. Das war ja für Andere vielleicht alles notwendig, aber für uns war das Wiedersehen mit unseren Liebste viel wichtiger.
Unter großem Jubel verschwanden wir im Verwaltungsgebäude und konnten uns langsam akklimatisieren. Wieder einmal mussten wir uns einer medizinischen Untersuchung unterziehen und konnten dann endlich etwas Essbares zu uns nehmen. Danach wurden wir mit mehr oder weniger zivilen Bekleidung eingedeckt und konnten uns noch einige Stunden

ausruhen.
Bis auf Klaus, der eine beneidenswerte Kondition hatte, sind wir Anderen eingeschlafen. Nach Drei Stunden Schlaf wurden wir mitfühlend geweckt. Duschen, anziehen und Abmarsch in den Versammlungssaal des Institute for Advanced Concepts. Der Saal, er war etwa so groß wie Zwei normale Kinos, war zur Hälfte abgedunkelt. Ich konnte Stühle und Tische, die mit Blumen geschmückt waren, erkennen. Helle moderne LED-Lampen verliehen der anderen Hälfte des Raumes eine glanzvolle Atmosphäre. Unter tosendem Beifall wurden wir auf die leicht erhöhte Bühne geführt und winkten erneut brav den vor uns befindlichen Gästen zu. Schnell merkten wir, dass unsere Verwandtschaft an den Tischen in der ersten Reihe saß. Am einem Tisch konnte ich ein Elternpaar sehen, welche uns deutlich zurückhaltender in die Hände klatschte. Wie sich später herausstellte, waren es die Eltern des auf dem Mars beigesetzten chinesischen Kollegen Huroka Tscheng. Ihm war seine Arbeit als Biologe zum Verhängnis geworden. Dass seine Familie dennoch gekommen war, musste als Ehrenbezeichnung für das von Huroka geleistete bezeichnet werden.
Nach einer nicht enden wollenden

Stunde, in der unser Vizepräsident der USA, der Chef der Marsmission Alsko Üslund und einige mir unbekannte Fachleute und Kommunalpolitiker sich zur Schau stellten, kamen wir endlich zu den langersehnten Umarmungen mit unseren Liebsten. Endlich konnten Bella und ich uns wieder in die Arme nehmen. Uns war es egal ob es anstößig war, wir knutschten wie Teenager.
Hurokas Eltern taten mir leid. Ihnen war es nicht vergönnt ihren Sohn in die Arme zu schließen. Für sie blieb nur der Trost, dass Huroka als Held der Raumfahrt gestorben war. Aus den Augenwinkeln konnte ich sehen, dass sich der Chef Alsko Üslund in einem tröstenden Gespräch mit ihnen befand. Plötzlich trat Klaus zu uns. Ich machte Bella und ihn miteinander bekannt. Erst gratulierte er ihr zu der Schwangerschaft, dann wendete er sich an mich: „Ich möchte, dass wir zusammen zu den Eltern von Huroka gehen und ihnen unser Mitgefühl aussprechen. Komm bitte mit." Belle und ich folgten ihm zu der Familie der Geologin Natascha Bolenko. Bella lernte so ihre erste Russin kennen und wir begaben uns zu Onko Luque. Auch seine Familie musste auf ihn verzichten. Schnell war auch der Rest der Truppe eingesammelt und wir machten uns auf den Weg zu den

Eltern die immer noch mit Alsko Üslund sprachen. Ein Dolmetscher half bei der Übersetzung.
Klaus machte uns bemerkbar und erklärte dem Chef, dass wir kondolieren wollten. Alsko Üslund verstand unseren Wunsch und nickte zustimmend. Der Dolmetscher setzte die Eltern von unserem Vorhaben in Kenntnis, und Klaus drückte in unserem Namen das Bedauern über den Verlust ihres Sohnes aus. Er erklärte ihnen, dass an seiner Grabstätte eine Gedenktafel aus Edelstahl angebracht worden ist. Er meinte, dass dieser Ort wohl eine Pilgerstätte für weitere Marstronauten sein sein werde. Es war ihnen anzusehen, dass es nur ein schwacher Trost für die trauernden Eltern war. Den Begriff Marstronauten hatte der Chef in seiner Ansprache geprägt. Wir drückten ebenfalls die Hände der Hinterbliebenen und nickten nur stumm. Doch für lange Trauergefühle war der damalige Zeitpunkt für uns ungeeignet.
Die Eltern zeigten Verständnis und dankten für unsere Anteilnahme. So konnten wir weiter die Rückkehr vom Mars mit unseren Verwandten feiern. Einer der Organisatoren dieser Veranstaltung verkündete dann, dass wir endlich die Bühne verlassen und an den Tischen mit unseren Verwandten Platz

nehmen könnten. Schon bei dem anschließenden Essen turtelten Bella und ich, als hätten wir uns gerade erst kennen gelernt. Allmählich wurde die Platzordnung aufgelöst und ein allgemeines begrüßen und Hallo-sagen wanderte durch den Saal. Als ich einen Finger spürte, der auf meine rechte Schulter tippe, drehte ich mich um. Hocherfreut sprang ich auf. Vor mir stand stand mein guter Dr. Peter Brown, mein Chef vom Orbitliftbau. Obwohl er mein früherer Chef war umarmte ich ihn, als wäre er mein bester Freund. Ich merkte, dass er das selbe auch für mich empfand, denn meine Umarmung wurde von ihm erwidert. Erfreut erkannte er Bella neben mir. Sie erklärte ihm, dass wir bald Eltern werden würden. Darüber war er so sehr erfreut, dass er sich sofort als Patenonkel für unsere Tochter anbot. Dann drehte er sich suchend um und winkte eine Frau zu uns heran.
Als sie bei uns war, stellte er sie uns als seine Frau Sue vor. Ich wiederum stellte die beiden dann der Marscrew vor und Dr. Brown erzählte von unseren verzweifelten Versuchen den Orbitlift fertig zu stellen. Selbst den Mord an dem Kollegen Howard Blackstone ließ er nicht aus.
Dr. Brown hatte versucht den Rest der Orbitlift-Truppe für die Begrüßung

zusammen zu bekommen, aber es war ihm in der Kürze der Zeit nicht möglich gewesen, deren Aufenthaltsorte ausfindig zu machen.
Um Zwei Uhr nachts lagen Bella und ich eng umschlungen im Bett und nichts konnte schöner sein. Nicht einmal ein Aufenthalt auf dem Mars.

Tja der Aufenthalt auf dem Mars - Bis das einmal etwas für die Allgemeinheit sein würde, müssten noch viele Dinge verbessert werden. Die Fachleute auf der ganzen Welt sprachen als Endziel vom Terraforming auf dem Mars. Das bedeutet, dass der Mars für uns Menschen an der Luft lebensfähig ist. Doch bevor es zu einem wirklichen Terraforming kommen wird, ist ein riesiges Aufgebot an Material und technisches Equipment zum Mars zu schaffen. Genmanipulierte Pflanzen und Unmengen an Wasser, denn was dort an Moosen und Flechten in den ersten Jahren wachsen kann, wird kaum reichen. Das gleiche gilt für die Wassergewinnung aus Felsen oder von den Polkappen. Durch diese schlechten Voraussetzungen kann, der Mars nicht bewohnbar werden. Zumindest nicht so wie auf der Erde. Das hat nicht nur unser erster Besuch auf dem Mars gezeigt, sondern solche Erkenntnisse

wurden auch schon vor dem Jahr 2030 thematisiert. Für welche Gebäudeform und welches Material dafür verwendet wird, das sollte bei spätere Marsmissionen ermittelt werden. Zur Zeit wurden gute Werte mit Gebäuden in Halbkugel Form und Glasfaser-Verbundwerkstoffen erzielt.
Ich bin übrigens im darauf folgendem Jahr Vater einer gesunden und wunderschönen Tochter geworden. Aber das sagen ja alle Väter einer Tochter. Sie heißt übrigens Sue, denn die Frau von unserem ehemaligen Chef Dr. Brown wollte es sich nicht nehmen lassen, ihre Patenschaft zu übernehmen. Wenn wir jetzt, da sie gut ein Jahr alt ist, an warmen Sommerabenden mit ihr auf der Veranda unseres Hauses sitzen, schaut unsere kleine Sue verdächtig still und scheinbar stark interessiert zu den ersten aufgehenden Sternen am Himmel auf.

Sie wird doch wohl nicht schon jetzt ..?!